NOUVEAUX

DRAMES

SACRÉS

LILLE. — L. LEFORT

ÉDITEUR.

NOUVEAUX

DRAMES SACRÉS

A la même Librairie

DU MÊME AUTEUR

MARIE

SCÈNES ET TABLEAUX DE SA VIE DIVINE.

1 vol. in-12 : 75 centimes.

☞ En envoyant le prix en un mandat de la poste ou en timbres-poste, on recevra *franco* à domicile.

LA FUITE EN ÉGYPTE.

NOUVEAUX

DRAMES SACRÉS

LA NATIVITÉ

LA PURIFICATION, LA FUITE EN ÉGYPTE

Par l'auteur de

Marie; scènes et tableaux de sa vie divine.

DEUXIÈME ÉDITION.

LILLE

L. LEFORT, IMPRIMEUR-LIBRAIRE,

MDCCCLXI

AVANT-PROPOS

Les *Scènes et Tableaux de la vie divine de Marie* ont reçu un accueil de bienveillance et de sympathie de la part de toutes les personnes qui aiment à parler et à entendre parler de la Reine des Anges. Le même accueil est réservé à ces nouveaux essais d'une plume entièrement consacrée à la gloire de la meilleure des mères.

Le drame historique a pour mission d'animer les événements que l'histoire raconte avec sa véridique impartialité; il leur donne une vie nouvelle, et les place sous les yeux avec des tons aussi fortement accusés et des traits aussi saisissants que ceux dont s'inspire le pinceau de l'artiste. C'est ainsi que les faits héroïques, consignés dans les annales ou transmis par les traditions des peuples, ont traversé les âges, sont arrivés jusqu'à nous, et se perpétueront pour les générations à venir.

La poésie, sous ses diverses formes, en conservant dans leur intégrité les actes et les personnages principaux, a le privilége d'introduire dans ses pages, comme la peinture sa sœur le fait sur la toile, des incidents et des accessoires qui donnent au fond un plus grand relief, qui aident à le faire mieux pénétrer dans l'esprit et à l'imprimer plus profondément dans la mémoire.

Mais lorsqu'il s'agit de faits historiques formant la base de notre religion divine, et dont le récit est renfermé dans nos saints livres, il est important d'user d'une plus respectueuse réserve, de ne rien produire qui puisse altérer ou dénaturer les événements augustes et fondamentaux que l'on met en scène, et de prendre, autant qu'il est possible, un langage en harmonie avec les choses sublimes que l'on traduit en action.

Cette sublimité toutefois n'exclut ni la simplicité de la forme, ni la naïveté du langage. Elle s'en accommode au contraire, et s'en revêt avec plus de convenance et de naturel que de phrases pompeuses et d'ornements étudiés.

C'est ce caractère de simplicité digne et de majesté naïve qui distingue les *Drames sacrés* de notre pieux auteur. Les plus humbles détails ne sont pas négligés ; mais ils sont rehaussés par une noblesse de pensée et d'expression qui parle à l'âme. Tout y respire une foi profonde, et un sentiment de respect et d'amour si vif et si vrai, qu'on ne peut rester indifférent devant des scènes si grandes et si bien présentées. Rien de plus vraisemblable, rien de plus émouvant, rien de plus biblique [1]. Nourri des divines Ecritures, le dialogue offre à chaque page le langage des prophètes et les paroles sacrées de l'Evangile. Ce sont comme des perles précieuses qui viennent naturellement s'y enchâsser et qui en rehaussent singulièrement la valeur. On saisit, dans ces tableaux vivants et animés, la suite des Ecritures, les prédictions, les symboles, les usages de l'ancienne loi, les

[1] Paroles d'un ecclésiastique éminent auquel les manuscrits de l'auteur ont été soumis.

enseignements de la loi nouvelle; on voit combien, pour la grande œuvre de la rédemption humaine, tout est prévu, tout converge, tout s'enchaîne, tout est revêtu de ce sceau incomparable que Dieu seul sait imprimer à ses œuvres.

Dans les premiers tableaux de ce nouveau volume, on assiste avec les bergers à la naissance du divin Enfant; on voit les langes, la paille, la crèche de Bethléhem; on entre dans cette humble grotte, jusque-là ignorée, et qui depuis dix-huit siècles est devenue le lieu le plus célèbre de l'univers. On partage l'admiration de ces bons et simples bergers qui ont entendu les concerts des anges et qui viennent adorer le Messie promis à Israël; on aime leurs naïfs discours dans cette pauvre étable, où ils apportent les sincères hommages de cœurs qui ne connaissent ni le déguisement ni la duplicité. On découvre l'Etoile mystérieuse qui a été révéler aux mages de l'Orient la venue du Désiré des nations; on aperçoit le cortége de ces princes, prémices des gentils; avec eux on offre l'or, l'encens et la myrrhe; on les voit fléchir le genou devant ce Monarque dans les langes... On reconnaît alors que si l'esprit ne peut rien concevoir de plus sublime que la majestueuse concision du récit de l'Evangile en ces moments solennels de l'histoire de la Rédemption, le cœur peut éprouver une douce et vive consolation à écouter la voix de ces rois sages et fidèles, interprétant et commentant d'une manière si digne le divin silence des saintes Ecritures.

Sous la plume de l'écrivain, ou plutôt sous le pinceau du peintre, la pauvre étable de Bethléhem est devenue un paradis resplendissant d'étincelantes clartés, retentissant d'hymnes séraphiques ; et au milieu de ces flots de célestes lumières et de ravissantes harmonies, elle reste l'asile de la pauvreté et du dénûment, l'école vivante d'une incompréhensible humilité.

En contemplant ce double tableau, tracé de main de maître, et qui réunit dans ce coin de la Judée toutes les grandeurs du ciel et tous les abaissements de la terre, l'intelligence s'éclaire comme d'un rayon descendu d'en haut, le cœur s'émeut, les yeux se mouillent de larmes, et l'on tombe à genoux en s'unissant à la double adoration des anges et des hommes.

Dans le tableau suivant, on passe de la crèche de Bethléhem au temple de Jérusalem, à ce temple qui va être honoré de la présence du véritable Salomon. Dans la grande scène de la Purification, on a devant soi les belles et nobles figures du pontife Siméon et d'Anne la prophétesse ; on voit se dérouler les anneaux qui attachent les temps anciens à l'heure suprême fixée pour l'accomplissement de la Promesse ; on chante, avec le saint vieillard, l'hymne de la délivrance des peuples et du salut du monde. Et à côté de ces magnificences émouvantes, on retrouve comme toujours, lorsqu'il s'agit du Dieu-Enfant, l'humble Marie, le bon Joseph et les emblèmes de la pauvreté, figurée par l'offrande légale des deux tourterelles. Les jeunes Israélites, élevées dans le temple comme Marie et unissant leurs voix aux chœurs angéliques, complètent d'une manière charmante ce délicieux tableau.

Puis la scène est transportée au désert, lors de cette marche pénible vers l'Egypte, entreprise sur l'ordre du Ciel, afin d'échapper à la cruauté jalouse d'Hérode. Une fraîche et verdoyante oasis s'élève au milieu des plaines arides pour offrir un abri à la sainte famille; toutes les beautés, toutes les merveilles de la nature s'y trouvent rassemblées, afin de fêter le Roi de la création. Raphaël, l'archange qui préside aux voyages, les anges du Désert, les anges de Rama, qui ont été témoins du massacre des Innocents, viennent déposer leurs adorations et leurs hommages aux pieds du divin Exilé, et l'entourent d'une couronne de lumière et de leurs palmes glorieuses. Cette marche triomphale fait encore ressortir la profonde humilité du Dieu fait homme, de sa sainte mère et de celui que le Seigneur a établi son gardien; l'ânesse, la monture du pauvre, est là, comme la paille de Bethléhem, comme les tourterelles du temple, le signe, la marque du Roi des rois.

Nous n'avons pas craint de tracer ces lignes en tête d'un ouvrage dont l'auteur veut rester caché sous un voile impénétrable. En exprimant nos impressions, nous avons obéi au désir de faire mieux connaître des scènes qui nous ont fait éprouver les plus douces et les plus salutaires émotions. Et nous aimons à répéter, avec un judicieux écrivain, qu'après avoir parcouru de pareilles pages, on bénit Dieu de ce qu'il a donné à de certaines âmes le privilége de célébrer si dignement les beautés de la foi et les grandeurs de la religion.

J. Aymard.

A

l'Enfant-Dieu

Les bergers de Bethléhem ont été appelés les premiers à votre crèche, ô divin Enfant. C'est un encouragement que votre amour a voulu donner aux pauvres et aux petits.

A ce double titre, me voici à vos pieds, baisant la paille de votre berceau et les langes qui ont enveloppé vos membres sacrés.

Je n'ai ni or, ni argent, ni aucun des trésors de l'Orient; mais j'ai un cœur. C'est à votre bonté que je le dois; c'est mon seul bien, ma seule richesse; je vous l'offre tout entier et sans réserve.

O Marie, mère du divin Enfant et ma mère, présentez-moi à votre Fils bien-aimé. Si vous daignez me sourire, ses lèvres pleines de grâces me souriront; si vous daignez me bénir, sa main toute-puissante me bénira.

LA NATIVITÉ

L'ENFANT JÉSUS.

MARIE.

JOSEPH.

LES ANGES.

LES BERGERS.

ZACHARIE.

ÉLISABETH.

JEAN-BAPTISTE.

LES ROIS MAGES.

LEURS SERVITEURS.

LA NATIVITÉ

PREMIER TABLEAU

MARIE, JOSEPH, LES ANGES.

On voit une espèce de hangar ouvert de deux côtés, ce lieu servant tout à la fois d'hôtellerie gratuite et d'étable; il y a çà et là de petits monceaux de foin épars par les derniers voyageurs qui s'y sont reposés. Vers l'angle, au fond, une crèche.

C'est la nuit, et une nuit bien sombre. On aperçoit dans le lointain plusieurs feux allumés par les bergers. Une foule d'anges traversent les airs; les uns semblent aller du ciel à la terre, les autres de la terre au ciel. Ils ne sont point entourés de l'éclat qui, d'ordinaire, les accompagne; on les entrevoit à peine.

En ce moment arrivent à l'étable Marie et Joseph. La jeune Vierge est toute pâle par le froid, mais toujours belle et sereine; elle marche à côté de Joseph, qui conduit l'ânesse chargée d'un mince bagage. Le bon saint est triste....

A l'arrivée des illustres époux, les anges se rapprochent de la terre; ils paraissent plus lumineux; la nuit s'éclaircit sur leur passage, et les feux allumés par les bergers ne s'aperçoivent plus.

MARIE, *à Joseph.*

Ne vous attristez pas, mon seigneur; rien n'arrive que par la permission de Dieu et selon les vues de sa divine providence. Sans doute il nous paraissait désirable que le Roi de gloire fît son entrée dans le monde, dans un lieu plus magnifique et moins indigne de lui; mais sa souveraine sagesse en juge autrement. Il faut nous soumettre en paix à sa volonté sainte.

JOSEPH, *regardant l'étable.*

S'il ne manquait à ce lieu que la magnificence!... Mais voyez, Marie, il est ouvert presque de toutes parts; le vent souffle glacé, vos mains sont transies de froid! vous êtes accablée, épuisée, et pas une pierre où vous puissiez vous asseoir!...

MARIE, *souriant à son saint époux.*

Mon cœur brûle d'un feu si vif que je ne sens pas les atteintes du froid... Dans l'espérance que mes bras vont bientôt servir de trône au Dieu enfant, je ne peux penser à rien de ce qui me touche. (*Avec compassion :*) Mais vous, mon seigneur, vous devez succomber à la fatigue. Moi, j'ai à peine, le long du chemin, descendu de l'ânesse ; et vous, vous avez fait à pied toute la route.... Oh ! que je voudrais pouvoir adoucir les maux que vous souffrez à cause de nous !....

JOSEPH, *qui vient de décharger le petit bagage et d'attacher l'ânesse.*

Ne me plaignez pas, Marie ! souffrir pour l'Enfant-Dieu, souffrir pour vous, n'est-ce pas un bonheur ?... Oh ! non, ne me plaignez pas. Vous voir dans ce triste état et penser que bientôt le divin Enfant va naître dans cette étable, c'est le seul sujet de ma peine.

MARIE.

Hélas ! il naît pour souffrir, lui ! ! ! (*Elle regarde autour d'elle.*) Quelle pauvreté ! quelle profonde indigence !... O Dieu de majesté, jusqu'où daignez-vous abaisser votre grandeur suprême ! (*Elle se dispose à aider Joseph à ranger un peu ce lieu choisi par la profonde humilité du* VERBE FAIT CHAIR.)

JOSEPH.

Je vous en prie, ô vierge mère de Dieu, laissez-moi cette humble fonction; et daignez préparer, puisque vous voulez toujours avoir ce soin, le modeste repas que nous n'avons pu prendre plus tôt.

(Marie, s'empressant d'obéir, prend un pain grossier, quelques fruits secs, un peu de miel.)

MARIE, *à part.*

O mon Dieu! bénissez ces simples mets; rendez-les fortifiants et délicieux, afin de vivifier et reposer par eux le corps de votre serviteur Joseph, mon seigneur et mon époux.

JOSEPH, *s'approchant.*

Fille de David, prenons notre repas devant le Seigneur.

MARIE.

De grâce, veuillez en dispenser votre servante et permettez-moi de me retirer pour prier. Mon âme se sent consumée d'un feu dont elle ne peut contenir l'ardeur....

(Marie, en silence, s'agenouille vers le lieu le plus retiré de l'étable. Joseph prie debout à la place où il se trouve.)

En ce moment, les étoiles jusque-là cachées brillent de tous leurs feux; un chœur de séraphins descend des cieux et vient environner la pauvre étable. Une ineffable mélodie se fait entendre ; il semble que toutes les harmonies du ciel soient réunies sur cet humble coin de terre. Les anges brillent de feux mille fois plus étincelants que le soleil ; toute la campagne est resplendissante ; les séraphins se voilent de leurs ailes et répètent le triple *Sanctus*. Les concerts des voix et les divines symphonies s'élèvent de plus en plus ; les anges font retentir l'air du chant de triomphe.

PREMIER CHOEUR.

GLORIA IN EXCELSIS DEO ! ! !

DEUXIÈME CHOEUR.

ET IN TERRA PAX HOMINIBUS BONÆ VOLUNTATIS !

Au milieu d'une harmonie ravissante, à laquelle le ciel et la terre semblent prendre part, ces chœurs alternent avec le chant de gloire et d'allégresse des séraphins :

SANCTUS !... SANCTUS !... SANCTUS !...

BENEDICTUS QUI VENIT IN NOMINE DOMINI !

HOSANNA IN EXCELSIS !

Puis tous les esprits célestes, excepté les anges députés aux bergers, quittent leur forme corporelle. Il ne paraît plus rester dans l'étable que Marie et Joseph.

DEUXIÈME TABLEAU

L'ENFANT JÉSUS, MARIE, JOSEPH, LES ANGES.

MARIE, *à genoux, presse sur son cœur le divin Enfant qui vient racheter le monde ; il est couvert de pauvres langes. Joseph a rassemblé un peu de paille et de foin dans la crèche.*

O Verbe, splendeur de la lumière éternelle ! ô Fils du Roi de gloire ! ô mon Dieu ! ô mon fils !.... je vous adore, je vous bénis, je vous aime au nom de l'humanité tout entière !... (*Elle reste pendant quelque temps dans le silence de l'adoration. — A Joseph :*) Ne craignez pas, approchez, mon seigneur; c'est le Dieu du Sinaï, mais il a déposé sa foudre. Bien loin de châtier ceux qui viennent à lui, il les appelle pour leur communiquer la vie.

JOSEPH, *s'approchant avec respect du Sauveur et mettant les genoux en terre en s'inclinant profondément.*

O Enfant roi de l'éternité !.... ô Enfant père

du siècle futur!... ô Enfant qui êtes celui qui est!!!....

MARIE.

C'est Celui devant qui les astres n'ont plus d'éclat, Celui qui trouve des taches dans ses anges mêmes!.. C'est Celui qui a donné à la mer les borne qu'elle ne peut franchir, Celui qui a créé l'univers.... Venez, mon saint époux, venez, adorons-le! Unissons-nous aux anges qui, maintenant invisibles à nos regards, sont, dans cet humble lieu, abîmés devant sa majesté suprême.

JOSEPH, *s'agenouillant près de Marie.*

Je vous adore, ô Sagesse divine sortie de la bouche et du cœur du Très-Haut!... Je vous adore, ô Adonaï, conducteur de la maison d'Israël, ô divin Rejeton de Jessé!

MARIE.

Je vous adore, ô Clef mystérieuse de David, ô Sceptre dominant de Juda! ô Orient, source de lumière et de vie! ô Roi des nations, pierre angulaire qui allez enfin réunir tous les peuples sous votre empire et dans votre amour, je vous adore! Je vous adore et vous aime, ô Emmanuël!... (*Elle presse l'Enfant Jésus sur son cœur, penche son visage sur le sien, mais n'ose encore poser ses lèvres sur la chair sacrée du Rédempteur des hommes.)*

Dans une ineffable ivresse, Marie contemple son Fils, l'adore, l'élève dans ses bras pour l'offrir au Père éternel! On entend confusément dans le lointain les cantiques des anges, les discours des bergers; on voit les mouvements des uns et des autres.

Marie dépose dans la crèche l'Enfant nouveau-né. Les esprits bienheureux entourent la sainte famille comme d'une couronne de feu; l'harmonie céleste, qui n'a pas cessé de se faire entendre, quoique faiblement, s'élève et accompagne le chant des anges.

DEUX VOIX.

Sur la terre descend la céleste Rosée;
De la nature en deuil, c'est le divin réveil.
Le Créateur revêt la mortelle livrée,
Lui qui commande aux flots, marche sur la nuée,
Lui qui de ses rayons a paré le soleil!!

CHOEUR.

Venez, venez; du Roi de gloire
Adorons tous l'abaissement.
De l'amour chantons la victoire;
Il a vaincu le Tout-Puissant.
De Jésus dans les langes,
Mortels et Séraphins,
Célébrons les louanges,
Chantons le Saint des saints!

DEUX VOIX.

Peuples, étonnez-vous !... Admirez, ciel et terre !...
Le Dieu par qui tout vit, par qui règnent les rois,
Devant qui tout n'est rien qu'une vaine poussière,
Qui s'assied dans les cieux au-dessus du tonnerre,
Est ici sur la paille.... et ses membres sont froids !

CHOEUR.

Venez, venez, du Roi de gloire
Adorons tous l'abaissement.
De l'amour chantons la victoire,
Il a vaincu le Tout-Puissant.
De Jésus dans les langes,
Mortels et Séraphins,
Célébrons les louanges,
Chantons le Saint des saints!

DEUX VOIX.

Il est, avant l'aurore, engendré de son Père,
Comme lui tout-puissant, sage, saint, éternel,
Il est Dieu de vrai Dieu, lumière de lumière!....
Pour se donner à tous comme Sauveur et Frère,
Le Verbe s'est fait chair; il prend un corps mortel!!!

CHOEUR.

Venez, venez; du Roi de gloire
Adorons tous l'abaissement.
De l'amour chantons la victoire,
Il a vaincu le Tout-Puissant.

De Jésus dans les langes,
Mortels et Séraphins,
Célébrons les louanges,
Chantons le Saint des saints!

Les chœurs des anges, alternant avec la symphonie céleste, répètent ces quatre derniers vers et font entendre de délicieuses modulations.

TROISIÈME TABLEAU

L'ENFANT JÉSUS, MARIE, JOSEPH, LES BERGERS.

(*Les bergers arrivent près de la crèche, qui leur a été indiquée par les anges. Ils paraissent étonnés et intimidés en se trouvant en la présence de Marie, de Joseph et du divin Enfant. L'illustre chef de la sainte famille remarque leur embarras.*)

JOSEPH.

Soyez les bien-venus, bons bergers, et ne craignez pas ceux qui sont pauvres et obscurs comme vous.

(*Les bergers le saluent.*)

L'UN D'EUX, *montrant Jésus.*

Les anges qui viennent de nous quitter nous ont dit : Allez adorer l'Enfant qui est le Messie promis à Israël.

JOSEPH.

Ils vous ont dit la vérité, et vous avez bien fait

de leur obéir, ô vrais fils d'Abraham.... vous êtes les dignes courtisans du Roi de la pauvreté.

UN AUTRE BERGER.

Les anges nous ont dit qu'Il venait pour régner sur son peuple, et nous savons par nos saints livres, qui nous sont expliqués dans la synagogue le jour du sabbat, que le Messie s'assiéra sur le trône de David.

UN AUTRE, *avec compassion.*

Mais pourquoi avoir choisi un si misérable lieu pour un tel Enfant et pour sa jeune mère? Nos enfants et nos femmes, à nous, qui sommes les plus pauvres de Bethléhem, sont au moins à l'abri du froid.

JOSEPH, *tristement.*

La foule était grande dans la ville, et il n'y avait plus de place dans les hôtelleries.

UN AUTRE.

Quelle indignité!.... Cet Enfant-Messie est venu chez soi, et les siens ne l'ont pas reçu!....

MARIE, *avec douceur.*

Ils ne savaient pas quel était Celui qu'ils rebutaient.

LE PREMIER.

Les anges nous ont dit d'adorer cet Enfant, et tout à l'heure nous nous sommes unis à leurs louanges. Maintenant qu'ils ne parlent plus pour nous, ne lui dirons-nous rien ?

LE SECOND.

Je le voudrais...... mon cœur est rempli de beaucoup de choses.....

LE TROISIÈME.

Et le mien aussi ; mais je ne sais comment les exprimer.

LE QUATRIÈME.

Mettons-nous à genoux près de lui ; peut-être voudra-t-il nous venir en aide lui-même.

(*Pour favoriser ce désir, Marie et Joseph, qui étaient devant la crèche, se retirent un peu et laissent un espace vide pour les bergers. Ceux-ci s'agenouillent humblement devant le Sauveur.*)

LE PREMIER BERGER.

Vous ne paraissez qu'un petit enfant ; mais nous croyons que vous êtes le Dieu de nos pères ; les anges viennent de le dire dans leur cantique.

LE SECOND.

Vous êtes né bien pauvre! plus pauvre que mes pauvres enfants; mais les anges viennent de chanter que par vous règnent les rois.

LE TROISIÈME.

Vous tremblez de froid; mais ils nous ont dit que vous donniez au soleil sa chaleur, et aux séraphins leurs flammes.

LE QUATRIÈME.

Vous êtes ici revêtu de langes grossiers, et c'est vous qui habillez les papillons, les oiseaux et les fleurs!

LE PREMIER.

Oh! comme nous regrettons de n'avoir ni les chants ni la voix de vos anges!

LE SECOND.

Oh! alors, nous vous chanterions, comme eux, de beaux cantiques.

LE TROISIÈME.

Puisqu'il s'est fait semblable à nous, il aimera peut-être nos humbles chants.

LE QUATRIÈME.

S'il n'avait voulu entendre que des concerts célestes, il ne serait pas venu sur la terre.

LE PREMIER, *à Marie.*

Douce Mère, vous devez un peu connaître la volonté de ce cher Fils; croyez-vous qu'il s'offensera de nos chants rustiques?

MARIE.

Non certes, bons pasteurs; aimez-le, et dites-lui tout ce que vous voudrez!

LE SECOND, *en voyant que tous se lèvent et se préparent à chanter.*

Attendez! voici d'autres bergers, ceux de l'autre côté de la plaine. Vous chanterez quand ils auront fini leur prière.

(*Foule de bergers entrant.*)

UNE VOIX PARMI EUX.

Il est donc vrai, le Seigneur a visité Israël?

UN DES PREMIERS.

Oui, il l'a fait, ainsi qu'il l'avait promis par ses prophètes.... Qui donc vous a invités à venir en ce lieu?

UN DES DERNIERS.

Des anges qui nous ont parlé du milieu d'une brillante lumière. Ils nous ont dit qu'ils venaient nous annoncer la bonne nouvelle, et qu'aujourd'hui, dans la cité de David, il nous était né un Sauveur.

UN DES PREMIERS.

Et pensiez-vous trouver ce Messie annoncé dans un si pauvre lieu?

UN DES DERNIERS.

Oui, car les anges ont ajouté : Voici la marque à laquelle vous le reconnaîtrez; vous trouverez un enfant enveloppé de langes et couché dans une crèche.

MARIE, *à elle-même, les yeux baissés.*

Quelle marque pour reconnaître le Roi des rois!

UN DES PREMIERS.

Et ils vous ont dit quel était cet enfant?

UN DES DERNIERS.

Oui; ils nous ont dit : Il est le Messie, le Christ, le Seigneur!

UN DES PREMIERS, *vivement.*

Il est le Dieu de l'éternité, il est le Saint des

saints, il est Celui qui a fait le monde. Les anges célèbrent sa gloire; et eux, qui sont si beaux et plus magnifiques que les princes des nations, nous les avons vus se prosterner sur leur face devant ce petit Enfant de la crèche!... Venez, venez... adorons-le....

(*Tous les bergers se prosternent et prient en silence.*)

MARIE, *à demi-voix.*

O Dieu des humbles et des petits, recevez avec complaisance ce tribut de leur foi!

(*Pendant la prière des bergers, on entend s'élever une symphonie céleste; puis le chant des anges, qui restent invisibles.*)

QUELQUES VOIX.

De ta houlette, ô Dieu pasteur,
Couvre tes brebis innocentes;
Donne la paix et le bonheur
A ces âmes reconnaissantes.
Ces bergers pauvres comme toi
Viennent se ranger sous ta loi.

CHOEUR.

Ils te proclament leur Messie,
Ils viennent en cet humble lieu
Te reconnaître Fils de Dieu,
Fils de David, Fils de Marie.

QUELQUES VOIX.

Fidèles enfants d'Israël,
Heureux descendants des prophètes,
Adorez! c'est l'Emmanuel;
Inclinez devant lui vos têtes,
Offrez les dons de votre foi
Et vivez sous sa douce loi.

CHOEUR.

Ils le proclament le Messie,
Ils viennent en cet humble lieu
Le reconnaître Fils de Dieu,
Fils de David, Fils de Marie.

(Pendant ce chant, les bergers ont continué de prier, non sans donner d'abord des marques d'étonnement et de joie; ils se relèvent.)

L'UN D'EUX, *à Marie.*

Noble Dame, cette dernière parole des anges nous fait penser que notre Dieu a fait en vous de grandes choses pour que vous soyez la mère de Celui qui est son Fils dès l'éternité. Nous voudrions bien vous adresser des hommages dignes de votre mérite, mais nous ne sommes pas habitués à bien exprimer ce que nous pensons. Avec votre petit Enfant-Dieu c'est plus commode; il lit dans nos cœurs, lui!....

MARIE, *avec un ineffable sourire.*

Et moi je les devine, bons bergers; croyez que mon cœur vous rend bien tout ce que me donnent les vôtres. Dans l'impuissance où je suis de reconnaître autrement la joie que vous me causez par votre foi et votre amour pour mon fils et mon Dieu, je le prierai de vous bénir, et il daignera exaucer sa mère et sa servante.

(*Tous les bergers s'inclinent devant Marie.*)

L'UN D'EUX, *à Joseph.*

Et vous, vénérable patriarche, nous vous saluons aussi; car il faut que vous soyez plus saint que tous nos prophètes, et un très-grand ami de Dieu, pour qu'il vous ait confié le soin de notre Messie et de sa mère. Priez-le avec elle, afin qu'il nous bénisse ainsi que nos familles et nos troupeaux.

JOSEPH.

Ces bénédictions ne vous manqueront pas, heureux bergers; mais croyez que la plus grande de toutes vous a déjà été accordée : celle d'avoir vu et adoré cet Enfant, et d'être aimés de sa mère.

(*Tous saluent Joseph.*)

UN AUTRE, *considérant l'étable.*

Allez-vous rester longtemps ici?.... ma maison n'est pas belle, mais elle est commode, et je vous l'offre de tout mon cœur. Je n'ai pas d'enfant, et ma femme se fera avec joie votre ménagère, tant qu'il vous plaira de rester avec nous.

JOSEPH, *regardant Marie.*

Que répondrons-nous, fille de David?.... Ce lieu est bien froid, bien dénué de toutes les choses nécessaires à l'Enfant et à vous.

MARIE.

Il est vrai; mais ce lieu m'est déjà si cher qu'il me serait fort pénible de l'abandonner.... S'il était possible de relever un peu ces pierres qui se sont détachées, la pauvre hôtellerie ne serait ouverte que du côté du midi....

UN BERGER, *vivement.*

Oui, oui; cela vaut mieux!... Ici c'est notre maison à tous, là-bas ce ne serait que la maison de Philippe.... (*A Marie, avec une simplicité qui n'exclut pas le respect :*) Laissez-nous faire, nous allons vous construire un palais! (*Avec un accent de foi :*) Il le faudrait bien pour ce divin petit Roi qui nous regarde si doucement de son berceau!

UN AUTRE BERGER.

A propos de berceau... j'en ai achevé un, l'autre jour, en gardant mes brebis; car Dieu bientôt me donnera un enfant. Ce berceau est bien grossier; je l'ai travaillé avec des roseaux et des nattes; mais vous le mettrez sur la crèche, et le petit Emmanuel y sera mieux couché.... Si vous me le rendez ensuite, quel bonheur pour mon fils!

UN AUTRE.

Moi, je vais envoyer pour vous, illustre Dame, et pour ce saint vieillard, des siéges commodes sur lesquels vous pourrez reposer la nuit et travailler le jour.

UN AUTRE.

Je suis bien pauvre et n'ai presque rien à offrir; mais j'ai sur ma couche deux toisons de mes brebis; je vous en apporterai une pour vous préserver du froid pendant la nuit.

UN AUTRE.

Être à l'abri du vent cela ne suffit pas pour vivre! mais, patience! nous pourvoirons aussi au reste.... Et ce ne seront pas des présents que nous vous ferons, sainte Dame, puisque nous n'avons rien qui ne soit à vous comme étant la mère de Celui qui nous a tout donné.

UN AUTRE.

C'est bien dit!.... (*A Marie et à Joseph :*) Nous allons revenir avec nos épouses; il faut bien qu'elles aient leur part de la bénédiction de l'Enfant, et nous apporterons tout ce qu'il faut pour vivre ici sans trop souffrir.

MARIE, *émue de reconnaissance.*

O mon Seigneur et mon Fils! vous qui devez promettre sa récompense à un verre d'eau, que garderez-vous au ciel à leur charité empressée et affectueuse?

(*Les bergers saluent l'enfant Jésus comme pour prendre congé; puis, se ravisont, ils s'agenouillent et chantent :*)

Adieu! doux Enfant de Marie!
Nous allons revenir bientôt.
Nous soignerons ta jeune vie;
Mais ne nous quitte pas sitôt...
Hélas! peut-être que nos princes
Dédaigneront ta pauvreté,
Et que dans toutes nos provinces
On niera ta divinité.

De même que pour tes prophètes,
Si pour toi l'on a des rigueurs,
Viens t'abriter sous nos houlettes,
Viens te réfugier dans nos cœurs.
Nous te serons toujours fidèles,
Nous formerons ton humble cour;
Puis à tes fêtes éternelles,
Toi, tu nous convieras un jour.

QUATRIÈME TABLEAU

JOSEPH, ZACHARIE.

L'étable est un peu réparée; un seul côté reste ouvert, et encore en ce moment il est fermé par une grande natte roulée autour de deux pieux, dont l'un est fiché profondément dans la terre, et l'autre simplement appuyé contre le mur. Joseph et Zacharie, debout et tournés vers Jérusalem, paraissent terminer une prière.... Zacharie, qui est venu à la crèche avec Elisabeth et saint Jean, a, par une déférence respectueuse, laissé pénétrer avant lui dans l'intérieur de la grotte sa vénérable épouse et le saint précurseur.

ZACHARIE, *après avoir salué Joseph.*

O Joseph, souffrez que je vous adresse quelques questions qui, bien loin d'avoir pour motif la curiosité, ne me sont inspirées que par le juste désir de connaître les œuvres de Dieu pour les adorer. Ce qui m'autorise aussi à vous les adresser, c'est que, malgré mon peu de mérite, il a plu à Dieu de me prendre presque seul (jusqu'à présent du moins), avec ma sainte épouse et mon heureux fils, pour confident du plus grand des mystères; puisqu'il nous a fait connaître que notre glorieuse parente était vraiment mère de Dieu. Ecoutez donc et exaucez ma prière, et dites-moi comment vous reçûtes la connaissance de ce mystère, que vous paraissiez entièrement ignorer quand vous vîntes, il y a quelques mois, chercher à Hébron votre sainte épouse?

JOSEPH.

Je n'ai rien à vous apprendre qui me soit glorieux, cher parent; aussi ne me ferais-je pas presser. Je vous prie seulement d'user d'indulgence avec moi et de ne pas me condamner trop sévèrement, puisque j'ai été pardonné par le Dieu tout-puissant et par ma virginale épouse. Ecoutez-moi :

Le jour même de nos fiançailles, Marie m'avait appris qu'elle s'était consacrée à Dieu par le vœu de virginité perpétuelle. Quelque temps après, je la conduisis dans ma demeure et l'y gardai en présence du Très-Haut comme ma fille et ma sœur.

Rien ne peut vous donner l'idée de ses aimables vertus d'épouse, des soins affectueux dont elle m'entoure, de ses gracieuses prévenances, de ses doux et humbles respects... La vie avec elle est un paradis. Vous savez que toute sa personne répand en l'âme de ceux qui l'approchent une paix céleste accompagnée de joie et d'amour.

Je peux bien croire légitimement et dire avec vérité que personne ne jouit plus vivement que moi de ce bonheur et n'éprouva plus profondément ces sentiments, parce que personne ne l'a connue davantage. Je l'élevai dans ma pensée et dans mon cœur au-dessus de tout ce qui n'est pas Dieu.... Et j'avais raison.... J'ai pour elle autant de vénération, de respect et d'amour qu'il est permis d'en avoir pour la créature.

Jugez donc, mon frère dans le Seigneur, jugez donc de ce que j'éprouvai quand il me fut impossible de me dissimuler les conséquences du mystère de l'Incarnation, que j'ignorais....

Dans mon trouble je ne savais à quoi me résoudre; enfin je crus prudent de m'éloigner, sans creuser inutilement dans mes pensées. Abandonnant tout au jugement de Dieu, je me disposai à accomplir ma résolution, quand l'ange du Seigneur vint m'apprendre le glorieux mystère du

Dieu incarné.... Je ne doutai pas un seul instant de la parole de l'ange.

ZACHARIE.

Vous n'aviez jamais songé auparavant que Marie pouvait avoir été choisie de Dieu pour être la mère du Messie?

JOSEPH.

Jamais!... Si je n'avais pas été l'époux de Marie, la connaissant comme je la connaissais, je l'aurais cru peut-être. Mais comment aurais-je pu penser que le Dieu d'Israël, que le Dieu de toute sainteté eût voulu me confier la mère de son Verbe et le Dieu-Enfant lui-même, à moi pauvre artisan, à moi le dernier des fils de son peuple....

ZACHARIE.

O Joseph! cette parole du cantique de votre immortelle épouse demeurera toujours vraie: «Dieu dissipe les desseins des superbes, et il élève les petits!..» Mais qu'avez-vous pensé après que l'ange vous eut appris ce secret divin?

JOSEPH.

Ah! il me sembla que mon cœur brisait un lien de fer qui le tenait serré. Mon âme se leva joyeuse vers Dieu, et mon bonheur fut au-dessus de toute expression humaine. Je venais de reconquérir la paix, et d'apprendre que Marie si pure, si sainte, si céleste, était vraiment mère de Dieu!... Je baisai avec transport, alors qu'elle n'était plus près de moi, les traces de ses pas augustes; et pendant que je la laissais me servir (pour accomplir, ainsi qu'elle le veut et le dit, toute justice), moi, prosterné en esprit devant elle, j'adorai le Fruit de son sein virginal, et je l'exaltai elle-même au-dessus de toutes les créatures.

ZACHARIE.

Je vous remercie, mon saint ami, de tout ce que vous venez de m'apprendre; j'y ai vu une fois de plus que Dieu est admirable dans toutes ses œuvres.

JOSEPH.

La prière de Marie et celle de votre épouse sont terminées sans doute.... Je viens d'entendre ces deux heureuses mères converser entre elles et parler à leurs enfants.

ZACHARIE, *à part.*

Oui! ce sont deux heureuses mères; mais l'une est vierge et mère d'un Dieu!.... Oui! ce sont deux beaux et doux enfants; mais l'un dira justement en parlant de l'autre : *Je ne suis pas digne de délier sa chaussure.*

Joseph roule autour du pieu resté libre la natte, qui laisse ainsi voir l'intérieur de l'étable.

Joseph et Zacharie font ensuite quelques pas dans la campagne; ils paraissent continuer à s'entretenir, et se montrent une étoile d'une singulière beauté, qui brille au firmament, malgré la présence du soleil.

CINQUIÈME TABLEAU

L'ENFANT JÉSUS, MARIE, ÉLISABETH, JEAN; *puis* JOSEPH, ZACHARIE.

Une épaisse couche de foin jonche le sol de l'étable afin de garantir du froid; on aperçoit un berceau de jonc sur la crèche, deux siéges sur lesquels sont assises Marie et Elisabeth tenant dans leurs bras les deux enfants.

MARIE.

Vous le voyez, chère Elisabeth, secondant mon désir de ne point retourner à Nazareth avant les jours de la purification, la Providence divine ne nous a pas manqué, et nos bons voisins les bergers ont pourvu abondamment à ce qui nous était nécessaire.

ÉLISABETH.

O Marie! la ville que j'habite n'est pas non plus bien éloignée du temple; pourquoi n'être pas venue passer sous notre toit les quarante jours qui doivent précéder votre purification?

MARIE.

Parce que ce lieu où mon Jésus est né m'est

extrêmement cher, et que ce Dieu des pauvres m'a inspiré de demeurer pendant ces quarante jours auprès d'eux. Si vous saviez comme ils le servent avec empressement !....

ÉLISABETH.

Ils sont bien heureux ; Dieu même est leur obligé ! Comprennent-ils leur bonheur?

MARIE.

S'ils le comprennent !... C'est aux humbles et aux petits que Dieu donne le plus parfaitement la connaissance de ses secrets. D'ailleurs ils n'est pas israélite qui ne sache que nous attendons un Messie tout à la fois fils de Dieu et fils de David. On sait aussi que ce Conducteur des peuples doit sortir de Béthléhem.

ÉLISABETH.

Il est vrai. Puis les anges ont éclairé leur intelligence.

MARIE.

Et Dieu surtout a touché leur cœur.

ÉLISABETH.

Oh ! qu'il est bon ce grand Dieu, et qu'il fait éclater d'une manière admirable ses merveilles sur son peuple ! Qu'il est bon pour nous en particulier, à qui il a dispensé tant de faveurs et à qui il accorde maintenant l'ineffable bonheur de voir ce Dieu enfant face à face !... (*Avec une ardente exclamation en s'inclinant devant Jésus :*) O Désiré des nations, béni soyez-vous d'être venu visiter votre peuple !

(*Ici saint Jean, comme si la ferveur de sa mère excitait la sienne, tend ses petits bras vers l'enfant Jésus.*)

ÉLISABETH, *lui prêtant sa voix.*

O Agneau de Dieu qui effacez les péchés du monde, c'est à vous que je dois mon innocence !... O glorieux Epoux des âmes,... je vous aime d'un inexprimable amour !

MARIE, *serrant Jésus sur son sein maternel et posant ses lèvres virginales sur le front de son Enfant-Dieu.*

O mon Bien-Aimé, vous êtes le plus beau des enfants des hommes !... Soutenez-moi avec les fruits de votre tendresse, car je languis d'amour !

ÉLISABETH.

Tout le ciel doit se trouver sur ce coin de terre, et Dieu n'en détourne pas ses regards.

MARIE.

Oui, puisqu'ici est ce Fils unique et bien-aimé en qui il a mis toutes ses complaisances!

ÉLISABETH.

C'est maintenant qu'il va donner le salut à son peuple; c'est maintenant qu'il va régner sur les nations!

MARIE.

Oui, Jésus dominera tous les peuples. Toutes les nations lui ont été données en héritage, et son sceptre s'étendra d'une mer à une autre mer.

ÉLISABETH.

Et pourtant voilà le palais de ce Roi de l'univers! voilà le trône de ce Dominateur tout puissant!

MARIE.

Oh! si seulement cet autre trône, d'où il doit s'élever pour s'élancer à la conquête du monde, n'était, comme celui-ci, que modeste et pauvre!... S'il ne devait y être assis que par mes mains; s'il ne devait y être retenu que par les frêles bandelettes dont j'entoure ses membres sacrés!... (*Elle presse de nouveau Jésus sur son cœur et essuie une larme.*)

ÉLISABETH.

Que prévoyez-vous, Reine des prophètes, qui excite à ce point votre douleur?.... Que voyez-vous, dans l'avenir, de menaçant pour votre Enfant-Dieu?

MARIE.

Je vois que C'EST PAR LE BOIS *que mon Fils règnera sur les nations*. Je vois *qu'il boira de l'eau du torrent, et que par là il élèvera la tête*. Je vois *qu'il faudra que le Christ souffre afin d'entrer dans sa gloire*.... Mais détournons nos pensées de ces tristes et saints tableaux. Lorsque nous aurons perdu l'Epoux, nous pleurerons. Aujourd'hui, ne pensons qu'à nous réjouir de sa présence.

(Joseph, en entrant, s'incline profondément devant l'Enfant Jésus; Zacharie se tient pendant quelques instants prosterné.)

JOSEPH, *à Marie*.

Fille de David, nous avons aperçu, dès ce matin, dans la direction de Jérusalem, une grande et merveilleuse étoile que la clarté du jour n'empêche pas de briller. Elle n'est point immobile; elle arrive à l'instant au-dessus de Bethléhem; et voici qu'une troupe de nobles étrangers qui semble la suivre vient de s'arrêter non loin d'ici.

MARIE.

Toutes les générations des hommes seront bénies en Celui promis à Abraham... Les rois de Tharse et les îles, les rois d'Arabie et de Saba lui apporteront des présents.

ZACHARIE.

C'est là sans doute l'Etoile prédite par Balaam, l'Etoile qui doit sortir de Jacob pour éclairer tous les peuples. O Dieu fidèle dans vos promesses, béni soyez-vous de nous avoir fait naître dans ce bienheureux temps où il vous plaît de les accomplir !

JOSEPH.

Vous croyez donc, Marie, que le cortége, tout royal en effet, dont je viens de vous parler se dirige vers ces lieux ?

MARIE.

Oui, mon vénérable époux. Ce sont là les prémices des nations ; ce sont les premiers fruits de grâce de la vigne qui n'a porté jusqu'ici que des fruits sauvages.

ZACHARIE.

Dieu ne laissera plus les nations marcher dans leurs voies ; il va leur tracer des sentiers, il va les traiter à l'égal de son premier-né Israël. (*Montrant Jésus et s'inclinant* :) Et voici la pierre de l'angle qui réunira les deux peuples.

ÉLISABETH.

C'est ainsi que la postérité d'Abraham sera innombrable comme les étoiles.

ZACHARIE.

Oui ; par cette parole Dieu a fait les gentils enfants de la promesse.

JOSEPH, *regardant autour de lui*.

Et c'est ici, Marie, que nous allons recevoir cette compagnie auguste ?

MARIE, *avec un sourire ineffable*.

Oui, mon seigneur et mon époux, puisque c'est ici que le Roi des rois tient sa cour.

SIXIÈME TABLEAU

Les mêmes ; LES ROIS MAGES, *leurs serviteurs.*

Ainsi que l'avait dit saint Joseph, tout le cortége avait fait halte et avait mis pied à terre aussitôt que l'étoile qui le devançait s'était arrêtée sur l'étable, dont il était alors assez éloigné. Les serviteurs étaient restés pour garder les chameaux; trois seulement suivaient leurs maîtres. Les rois et leurs serviteurs sont revêtus, chacun selon sa condition, du riche costume oriental; les serviteurs portent dans leurs mains de petits coffres de bois précieux incrusté d'or : ils précèdent leurs seigneurs; mais arrivés à l'étable, ceux-ci les devancent et viennent sans hésiter entre les deux enfants se prosterner devant Jésus. Joseph, Elisabeth, Zacharie, se placent alors un peu en arrière et autour de Marie, qui est seule assise avec l'Enfant-Dieu dans ses bras. Elle se lève elle-même pour rendre, avec une virginale et angélique majesté, le salut des mages ; puis elle se rassied immédiatement. Les mages se lèvent aussi et se tiennent debout.

PREMIER ROI, *s'inclinant.*

Enfant prédit par le prophète, recevez nos adorations; c'est de vous qu'il a été dit par un autre prophète : *Sa naissance est dès l'éternité.* Enfant éternel, nous venons confesser votre divinité, adorer vos mystères et célébrer vos grandeurs infinies. Les voiles de l'enfance que vous avez pris pour accomplir les desseins de votre sagesse ne peuvent point nous cacher le Dieu créateur qui *appelle les étoiles par leur nom, et à qui elles répondent Nous voici*. Je vous adore, je vous salue, je vous confesse, Enfant Dieu.

SECOND ROI.

Enfant Roi, je viens mettre ma couronne à vos pieds et vous reconnaître pour le Roi universel des lieux et des temps. C'est vous dont le trône est au plus haut des cieux, et qui distribuez comme il vous plaît les sceptres de la terre. C'est Vous dont le règne n'aura point de fin... Je me soumets à vos lois, auguste Enfant, et je veux être à jamais le plus humble de vos sujets.

TROISIÈME ROI.

Oui, vous êtes Dieu; oui, vous êtes Roi; ma foi s'unit à celle de mes amis, et je le confesse avec eux. Je veux, en leur nom et au mien, non plus exercer ma foi sur la certitude de votre humanité que je vois, mais vous exprimer tout mon amour d'avoir daigné prendre la forme de l'homme. Vous êtes Dieu, et vous vous êtes fait petit enfant! Vous êtes Roi, et je vous vois environné de pauvreté !... Vos yeux divins respirent une tendresse ineffable, et quoique je ne puisse pénétrer vos adorables projets, je sens au fond de mon cœur que ce ne sont que des desseins de miséricorde et d'amour pour le genre humain.... Oh! je vous aime de toute l'ardeur de mon âme, DIEU VRAIMENT HOMME.

LE PREMIER, *prenant l'encens des mains de son serviteur et s'inclinant profondément devant Jésus.*

Dieu éternel, Roi des siècles, à vous l'adoration! à vous la louange! à vous la gloire! à vous l'hommage parfait d'une prière humble et fervente! (*Il dépose l'encens aux pieds de Marie.*)

LE SECOND. *offrant de même l'or.*

Roi des rois, Seigneur tout-puissant, les couronnes sont à vous, les trônes vous appartiennent, tous les trésors de la terre sont votre domaine ; mais un cœur pur est à vos yeux plus précieux que l'or.

LE TROISIÈME, *de même.*

Vous êtes homme, ô Amour incréé! vous êtes homme et vous souffrirez, voilà pourquoi je vous présente de la myrrhe. Oui, vous souffrirez ; car il m'a été donné de lire les saintes pages du prophète

Isaïe, et vous daignez en ce moment ajouter à cette faveur celle de me découvrir le sens du livre divin : j'y vois que nous serons guéris par vos plaies, rendus sains par vos meurtrissures ; j'y vois que le châtiment que nous avions mérité est tombé sur vous, et que vous avez été frappé pour les iniquités des peuples.... Que vous dirai-je, adorable Enfant ?... Vous êtes Dieu, et je vous adore ! Vous êtes Roi, et je me soumets à vous ! Mais vous êtes Homme par amour, destiné à souffrir par amour... et ici je ne sais plus comment vous exprimer les transports de mon cœur et de ma reconnaissance.

(*A peine ces derniers mots sont-ils prononcés qu'une divine mélodie se fait entendre ; tous donnent des marques d'un religieux étonnement. On écoute en silence ; les anges restent invisibles.*)

CHOEUR D'ANGES.

Adorez-le, mortels,
Dressez-lui des autels.
C'est un Dieu... c'est un Roi... des hommes c'est le frère.
Donnez-lui votre amour,
Venez, formons sa cour.
Que partout et toujours tout l'aime et le révère !....
Venez, venez, formons sa cour ;
Venez, formons sa cour.

DEUX VOIX.

Déposez à ses pieds l'or, l'encens et la myrrhe,
Trésors de l'Orient.
Nos voix et notre lyre
Célèbrent avec vous DIEU qui se fait ENFANT.

CHOEUR.

Adorez-le, mortels,
Dressez-lui des autels.
C'est un Dieu... c'est un Roi... des hommes c'est le frère.
Donnez-lui votre amour,
Venez, formons sa cour.
Que partout et toujours tout l'aime et le révère!....
Venez, venez, formons sa cour;
Venez, formons sa cour.

DEUX VOIX.

Ce Monarque éternel des peuples et des mages
Doucement vous sourit.
Pour prix de vos hommages
Il vous donne sa grâce, et sa main vous bénit.

CHOEUR.

Adorez-le, mortels,
Dressez-lui des autels.
C'est un Dieu... c'est un Roi... des hommes c'est le frère.
Donnez-lui votre amour,
Venez, formons sa cour.
Que partout et toujours tout l'aime et le révère!....
Venez, venez, formons sa cour;
Venez, formons sa cour.

DEUX VOIX.

Sans crainte approchez tous ; nulle garde n'empêche
D'entourer son berceau ;
Il appelle à sa crèche
Les rois de l'Orient, les bergers du hameau.

CHOEUR.

Adorez-le, mortels,
Dressez-lui des autels.
C'est un Dieu... c'est un Roi... des hommes c'est le frère.
Donnez-lui votre amour,
Venez, formons sa cour.
Que partout et toujours tout l'aime et le révère !....
Venez, venez, formons sa cour;
Venez, formons sa cour!....

(Pendant ce chant les mages se sont agenouillés, ont incliné leur tête sur leur poitrine et semblent plongés dans un sommeil de ravissement. Lorsque les paroles des anges ont cessé, la mélodie continue quelques secondes ; les mages sont toujours dans une sorte d'extase. Alors une voix angélique se fait entendre :)

Sages de l'Orient, écoutez et suivez cet avis du Ciel : Gardez-vous bien de retourner à Jérusalem selon que vous en a prié le perfide Hérode. Le Seigneur ouvrira d'autres voies à votre retour, et bientôt vous arriverez près de vos peuples. Apprenez-leur la sagesse de Dieu ; soyez les prémices des apôtres, et semez la foi dans tous les cœurs.

(*Tous trois s'inclinent en marque d'obéissance ; puis, revenant de cette bienheureuse extase, ils se lèvent.*)

LE PREMIER.

Oh ! c'est vraiment ici la maison de Dieu, et cette terre est une terre sainte !

LE SECOND.

La majesté du Très-Haut s'est rendue visible en ce lieu, et l'humble étable a été remplie de l'éclat de sa gloire.

LE TROISIÈME.

Heureux le temps que Dieu a choisi pour faire éclater ses merveilles ! Heureux les témoins de ces miracles d'amour !

LE PREMIER.

Heureuse et mille fois heureuse la Mère de ce Dieu Enfant : toutes les générations la loueront à l'envi !

LE SECOND.

Oui, vous serez bénie, Reine de gloire, et tous les peuples se prosterneront à vos pieds.

LE TROISIÈME.

Heureuses les entrailles qui ont porté ce Verbe de Dieu ! heureux le sein virginal où l'Auteur de la vie va puiser la sienne !

MARIE, *avec une modestie ineffable.*

Heureux et plus heureux encore ceux qui écoutent ce Verbe divin et qui gardent sa parole!

LE PREMIER.

Nous avons entendu sa voix au fond de notre âme, et nous avons tout quitté pour lui obéir.

LE SECOND.

Et maintenant, pour lui obéir encore, nous allons retourner vers nos frères, et annoncer à tous la venue du Prince des peuples, la naissance du Sauveur du monde.

LE TROISIÈME.

Reine de la grâce, Vierge très-pure, recevez nos respectueuses salutations.... Et vous, saints personnages à qui il est donné d'être les heureux commensaux du Roi de gloire, priez-le pour nous, afin que nous restions jusqu'à la mort ses fidèles sujets.

(*Tous les saints personnages s'inclinent.*)

LES MAGES, *à genoux.*

Salut! adorable Enfant!....

UN SEUL CONTINUE :

Qu'il vous plaise nous bénir et nous rendre dignes de recevoir un jour de vos mains la couronne éternelle!

MARIE, *dirigeant la petite main de Jésus comme pour lui faire donner la bénédiction demandée.*

Mon Fils et mon Seigneur exauce votre prière; il aime les cœurs droits et fervents comme les vôtres, et le sien n'est pour vous qu'amour et bonté!

(*Les mages se relèvent.*)

LE PREMIER.

Gloire à l'Enfant-Dieu!

LE SECOND.

Amour à la Vierge-Mère!

LE TROISIÈME.

Bénédiction à tous ceux qui l'aiment!....

(*Ils remettent une seconde fois un genou en terre. Leurs serviteurs, qui sont toujours restés attentifs et recueillis, les imitent. Puis les nobles visiteurs sortent de l'étable ; Joseph et Zacharie les accompagnent jusqu'au lieu où sont arrêtés leurs chameaux. Les rois paraissent s'entretenir avec les saints patriarches.*)

MARIE, *après le départ des mages.*

O mon Fils et mon Dieu, bénissez ces prémices des gentils qu'il vous a plu d'appeler à votre berceau, afin que la fidélité de ces peuples, qui n'étaient point votre peuple, vous console de la perfidie de votre ingrat Israël. (*Elle se lève, adore, par une génuflexion profonde, l'Enfant-Dieu, toujours dans ses bras, et le remet dans son berceau ; puis elle l'adore une seconde fois. Elisabeth et saint Jean ont imité tout ce qu'a fait la mère de Dieu.*)

En ce moment les flots d'une lumière surnaturelle inondent l'étable : les séraphins qui ont paru à la naissance du Sauveur se montrent de nouveau dans la même splendeur, et entourent le berceau du Roi éternel, sa glorieuse mère et ses saints amis.

Ils chantent, accompagnés d'une ravissante harmonie, en s'inclinant profondément chaque fois qu'ils prononcent le nom de Jésus :

DEUX VOIX.

Le monde entier deviendra son partage.
Des nations voici le ROI !
C'est là son bien, son héritage ;
Tous obéiront à sa loi.
Bientôt une Sion nouvelle
S'élèvera forte et fidèle...
Pour les vrais enfants d'Israël
Il l'a construite sur la pierre.
Son ombre couvrira la terre,
Et son front touchera le ciel.

UNE MOITIÉ DU CHOEUR.

Eglise sainte,
Dans ton enceinte
Notre Jésus

L'AUTRE MOITIÉ.

Ouvre un asile
Au cœur docile,
A ses élus.

LE CHOEUR ENTIER.

Pour les vrais enfants d'Israël
Il l'a construite sur la pierre.
Son ombre couvrira la terre,
Et son front touchera le ciel.

DEUX VOIX.

En vain Satan sur l'Epouse fidèle
Epuisera le feu, le fer.
Jusqu'à la fin, Ville éternelle,
Tu triompheras de l'enfer.
O Jérusalem glorieuse,
O Sion, cité bienheureuse,
Nouveau royaume du Dieu saint!
Béni soit Dieu qui te fonde,
Qui vient, pour le salut du monde,
Lui-même habiter dans ton sein!

UNE MOITIÉ DU CHOEUR.

Eglise sainte,
Dans ton enceinte
Notre Jésus

L'AUTRE MOITIÉ.

Ouvre un asile
Au cœur docile,
A ses élus.

LE CHOEUR ENTIER.

Pour les vrais enfants d'Israël
Il l'a construite sur la pierre.
Son ombre couvrira la terre,
Et son front touchera le ciel.

(Pendant le chant des anges, on voit les rois mages continuer leur entretien avec Joseph et Za-

charie, et les serviteurs s'occuper des préparatifs du voyage. Lorsque tout est disposé, on voit ces personnages se faire les adieux du départ. Les mages prennent une route opposée à celle par laquelle ils sont arrivés. De temps en temps ils font faire halte à tout leur monde, et se prosternant vers l'étable, ils adorent le Désiré des nations, qui apporte le salut à tous les peuples de la terre.)

LA PURIFICATION

L'ENFANT JÉSUS.

MARIE.

JOSEPH.

SIMÉON.

UN LÉVITE.

ANNE.

DÉBORA.

DINA.

NOÉMI.

JEUNES ISRAÉLITES.

CHŒURS D'ANGES INVISIBLES.

LA PURIFICATION

La scène est dans la partie du temple où se fait la purification.
Au fond un autel sans ornements.
Sur l'antel deux candélabres non allumés.
Un bassin destiné à recevoir le sang des victimes.

SCÈNE PREMIÈRE

SIMÉON, ANNE.

ANNE.

Que le Seigneur vous garde, vénérable Siméon.

SIMÉON.

Qu'il vous bénisse, très-noble dame.

ANNE.

Savez-vous, seigneur, pourquoi votre servante se présente devant vous ?

SIMÉON.

Non ; mais si j'en juge par votre air de bonheur, vous avez à m'apprendre une bien bonne nouvelle.

ANNE.

La plus heureuse nouvelle qu'il soit donné à une bouche humaine d'annoncer... Prêtre saint, si vous saviez...

SIMÉON.

Je vous écoute.

ANNE.

Il y a quelques mois Zacharie chantait : « Béni soit le Dieu d'Israël de ce qu'il a visité et racheté son peuple. » Vous remarquez qu'il ne disait pas *de ce qu'il visitera et rachettera.*

SIMÉON.

Sans doute.... puisqu'il est venu et que nos yeux le verront.

ANNE.

Ah ! je n'ai plus rien à vous apprendre... Mais qui vous a fait connaître?...

SIMÉON.

L'Esprit-Saint.... Oui, il m'a promis que je ne mourrais pas avant d'avoir vu l'Emmanuel; et bien que je ne serve plus habituellement dans le temple, un mouvement surnaturel m'a porté ce matin à venir en ce saint lieu. Je sentais, dans l'intime de mon âme, l'assurance que je n'en sortirais pas avant d'avoir vu l'Etoile de Jacob et la Nuée bienfaisante d'où elle est sortie pour le salut du monde.

ANNE.

Et connaissez-vous cette Nuée mystérieuse de laquelle le Messie était enveloppé pour venir jusqu'à nous?

SIMÉON.

Je n'ai reçu à ce sujet aucune lumière du Ciel. Mais en me rappelant les vertus sublimes de notre Marie, le prodige dont j'ai été le témoin lors de ses fiançailles avec Joseph; lorsque je me souviens de ce vœu sublime de virginité, inouï parmi nous jusqu'à cette Vierge admirable; lorsque je songe aux vertus du chaste époux que Dieu lui a choisi, je ne peux m'empêcher de croire qu'elle est cette VIERGE qui doit concevoir et enfanter un Fils.

ANNE.

Prêtre du Très-Haut, votre foi vous éclaire; vous ne vous trompez pas !.... Oui, c'est Marie; oui, c'est notre enfant !.... Quel bonheur d'avoir presque le droit de la nommer ainsi !

Depuis son départ du temple, j'eus l'insigne consolation de la rencontrer chez sa cousine Elisabeth, où nous passâmes ensemble près de trois mois ; je fus ravie de son incomparable vertu. L'heureuse Elisabeth savait le secret divin que lui avait révélé le Saint-Esprit; mais elle ne me le confia qu'à l'époque de la naissance de l'Enfant-Dieu en venant faire une visite au temple.

SIMÉON.

Bénis soient les temps où nous vivons ! Bénis soient les pas de celle qui nous porte le salut ! Béni soit le Dieu très-fidèle dans toutes ses promesses !

ANNE.

Mais que pensez-vous de la gloire et du bonheur de l'heureux Joseph ?

SIMÉON.

Qu'il en est digne autant qu'on peut l'être,

et que sa chasteté, son humilité, sa piété lui ont mérité cette faveur.

ANNE.

Faveur insigne et au-dessus de tout ce que l'homme peut concevoir !.... Elisabeth m'a dit que Joseph se montrait parfaitement à la hauteur de la divine mission que lui a confiée le Saint d'Israël. Elle a été passer quelques jours avec Marie à Béthléhem ; elle dit que Joseph, grave, digne, respectueux, bon et prévoyant, s'occupe avec des soins infinis du Fils et de la Mère ; et qu'en même temps il se montre un sage et discret confident des secrets du Très-Haut, ne laissant rien percer qui puisse faire soupçonner le mystère à ceux auxquels le Saint-Esprit ne l'a point révélé.

SIMÉON.

Nous devrons suivre son exemple, vénérable dame, et traiter ces augustes parents et leur Enfant adorable, aux pieds duquel nous serions si heureux de nous prosterner, comme si nous ne connaissions pas la céleste origine de l'un et les glorieuses prérogatives des autres.

ANNE.

Prérogatives sublimes, mais qui ne sont pas égales : Joseph est le confident, le gardien, le père nourricier; Marie est la mère !

SIMÉON.

Oui, la mère, la vraie mère de Dieu!... Que de grandeur dans ce seul mot! et quand les peuples rachetés par son Fils lui reconnaîtront ce titre, que pourront-ils donc faire? par quelles louanges la célébreront-ils dignement?... O Marie! O Marie!.... comment parler dignement de vous?

ANNE.

Je vais me préparer par la prière à voir le Sauveur du monde, l'Enfant-Dieu, et je reviendrai pour me trouver ici à son arrivée.

SIMÉON.

Allez, ma sœur. Moi, je l'attends en lui chantant dans mon cœur un cantique d'amour.

(*Anne sort.*)

SCÈNE II

SIMÉON *seul.*

Ils sont donc arrivés, ô mon Dieu, ces temps bien heureux que voyaient les prophètes?.... Il est donc venu Celui dont la beauté surpassera la beauté de tous les enfants des hommes! Celui dont l'ineffable bonté n'achèvera pas de rompre le roseau à demi brisé et n'éteindra pas la mèche qui fume encore! C'est par lui que les aveugles verront les œuvres sublimes de la création, que les sourds entendront chanter vos louanges! C'est lui qui doit s'asseoir sur le trône de David et qui règnera éternellement... Oui, c'est lui, c'est le Messie promis à Israël et au monde entier.... Mais avant ces beaux jours du triomphe, qu'a donc vu Isaïe?... Il l'a vu semblable à un lépreux, méconnaissable, n'ayant plus ni beauté ni éclat; il l'a vu châtié pour nos iniquités, il l'a vu brisé pour nos crimes.... O profondeur de la sagesse et des desseins de Dieu! ô miséricorde sans bornes! ô charité infinie!.... Qui êtes-vous, Seigneur? et qu'est l'homme pour que vous fassiez de telles choses pour lui?...

(*Il reste plongé dans un silence d'adoration.*)

SCÈNE III

SIMÉON; DÉBORA, *à la tête des jeunes filles du temple.*

DÉBORA.

Vénérable Siméon, permettez-moi de vous demander une faveur; je sais qu'il n'est pas ordinaire de l'accorder, mais pourtant j'espère l'obtenir.

SIMÉON.

Parlez sans crainte, sage Débora; comme vous ne pouvez rien demander qui ne soit convenable, je peux promettre à l'avance de vous l'accorder.... (*Montrant les Israélites :*) Mais pourquoi les vierges du temple ont-elles quitté leur pieuse retraite? Comment, vous qui les y cachez avec un soin jaloux, permettez-vous qu'elles vous accompagnent jusque dans cette enceinte ouverte à tout Israël?

DÉBORA.

Je vous remercie, mon père, de la bonne opinion que vous avez conservée de ma vigilance. Il est vrai que je leur permets rarement de quitter les appartements qui leur sont destinés dans l'intérieur du temple; mais aujourd'hui j'ai dérogé à cet usage, ayant appris que la belle et pure Marie, dont les vertus célestes ont embaumé ces lieux de leurs parfums, a reçu du Seigneur la bénédiction de son mariage et qu'elle vient présenter au temple son Premier-né. Je désire procurer à ces chères enfants le bonheur de voir encore une fois leur aimable et sainte compagne. Permettez-vous, mon père, qu'elles assistent à la cérémonie de la présentation ?

SIMÉON (*qui depuis que Débora a prononcé le nom de Marie semble ne plus rien voir de ce qui l'entoure*).

Oui, elle est pure, l'Aurore qui annonce le Soleil de justice ! oui, elle est belle, l'Etoile brillante qui paraît au firmament des cieux ! Quelle est celle-ci, qui s'élève du désert pleine de délices, appuyée sur son bien-aimé ?... La voyez-vous ! elle est revêtue du soleil comme d'une robe de gloire ; la lune est sous ses pieds ; son front est couronné d'étoiles !... Vous êtes belle, ô ma bien-aimée ! vous êtes belle, et il n'y a pas de tache en vous !...

(*Siméon revient à ce qui l'entoure, et répond à Débora :*)

Oui, ma mère, cette faveur sera accordée à

vos filles, en considération de celle qui est entre toutes la fille aînée de son peuple, l'élue du Très-Haut... Oui, enfants, vous allez revoir votre ancienne compagne, Marie. Mais s'il vous était donné de lire sur son front si beau et si pur ses magnifiques destinées, vous vous prosterneriez en sa présence, et vos lèvres baiseraient avec respect les traces de ses pas sacrés... Tout cela sera caché à vos yeux. Du moins vous pourrez contempler sa modestie angélique, sa gravité douce, son recueillement profond; et si elle daigne vous adresser quelques paroles, écoutez-les avec respect et sachez en profiter.

TOUTES.

Bon père!

UNE SEULE, *continuant.*

Nous vous obéirons.... Mais parlez-nous encore de Marie; jamais vous ne pourrez nous en parler assez.

SIMÉON, *souriant avec bonté.*

Après son départ, mes enfants!... La voici!... Non; c'est Anne.

—◇—

SCÈNE IV

Les mêmes ; ANNE.

DÉBORA.

Sans doute, ma mère, que votre présence au temple en ce moment a pour objet celle dont l'attente nous réunit en ce lieu, mes filles et moi?

ANNE.

Oui, chère Débora, et je regarde ce jour comme le plus beau de ma vie. J'ai pourtant compté bien des jours heureux depuis le moment où les saints parents de cette enfant bénie, Joachim et Anne, sont venus l'amener au temple.

NOÉMI.

Alors, vénérée dame, vous aviez dans le temple l'emploi dans lequel notre mère, la bonne Débora, vous a remplacée?

ANNE.

Oui, ma fille; j'étais, comme elle, chargée du soin des vierges du temple, et je voudrais pouvoir vous dire la perfection plus qu'angélique avec laquelle Marie, encore dans l'enfance, remplissait ses petits devoirs et pratiquait de si grandes vertus!

DINA.

Comme vous avez été heureuse de vivre avec elle plusieurs années ! nous n'avons joui de ce bonheur que peu de temps, nous les anciennes du temple ; nos nouvelles compagnes ne l'y ont pas vue.

DÉBORA.

Non, puisque voilà plus d'un an que la loi de Dieu obligea Marie de quitter le temple pour un époux....

ANNE, *bas à Débora.*

Dites pour le gardien très-pur de sa virginité.

DÉBORA, *sur le même ton.*

Ne vient-elle pas présenter un Fils au temple ?

ANNE.

Oui, mais ce Fils est Celui dont Isaïe disait : *Qui racontera sa génération ?*

DÉBORA, *avec un cri de joie.*

Que me dites-vous !... Béni soit à jamais le Dieu de nos pères !...

SIMÉON, *avec un signe de la main.*

Silence ! voici le Désiré des nations qui vient dans son temple !

SCÈNE V

Les mêmes; JÉSUS, MARIE, JOSEPH, UN LÉVITE.

(*Marie est couverte de son long voile d'épouse; elle ne semble d'abord attentive qu'au Trésor qu'elle tient avec amour dans ses bras et sur lequel sont fixés ses regards. Ensuite elle les porte autour d'elle avec une modeste majesté; et reconnaissant ceux qui l'entourent, elle salue humblement en silence Anne et Débora, et adresse un céleste sourire à ses anciennes compagnes qui la contemplent avec admiration. Joseph tient à la main un panier découvert où sont placées deux tourterelles.*)

JOSEPH, *à Siméon.*

Prêtre du Très-Haut, voici une Fille de David qui vient présenter à Dieu son Premier-né et accomplir la loi de la purification. (*Il présente le panier au prêtre; celui-ci le remet au lévite, qui va le déposer sur un coin de l'autel, et allume les flambeaux.*)

SIMÉON, *à Joseph.*

Béni soit ce vrai Premier-né entre les vivants! bénie soit sa glorieuse Mère! béni soyez-vous vous-même, heureux vieillard! (*A Marie :*) Venez, femme forte et fidèle, ne tardez pas à accomplir toute justice, et cachons les ineffables trésors de la grâce sous le voile de l'humilité et de l'obéissance à la loi de Dieu.

(Marie, toujours en silence et les yeux modestement baissés, se dirige, avec son Fils dans ses bras, vers l'autel, près duquel Siméon la devance.)

(Chœurs d'anges invisibles.)

DEUX VOIX.

Pour ta gloire infinie,
Dieu trois fois saint, reçois cette ineffable Hostie!
O mystère sacré!!!
Les temps sont accomplis, et cet Agneau suprême
Va s'immoler lui-même
Pour rendre un digne hommage à ton nom adoré.

CHOEUR.

Gloire au plus haut des cieux!....
Jamais le Très-Haut sous ses yeux
Ne vit plus agréable hostie!
Anges, chantez : Gloire à Jésus!
Gloire au divin Roi des élus!
Anges, chantez : Gloire à Marie!

(Deux voix alternativement :)

PREMIÈRE VOIX.

Jésus, c'est un Enfant, Roi de l'éternité!...

DEUXIÈME VOIX.

Et Marie, une Vierge-Mère!

PREMIÈRE VOIX.

Elle se purifie et n'est que pureté!

DEUXIÈME VOIX.

Et Jésus se tait.... Lui, la *Parole* du Père!...

CHOEUR.

Gloire au plus haut des cieux!....
Jamais le Très-Haut sous ses yeux
Ne vit plus agréable Hostie!
Anges, chantez : Gloire à Jésus!
Gloire au divin Roi des élus!
Anges, chantez : Gloire à Marie!

(*Pendant ce chant, le sacrificateur a immolé les victimes; puis, les mains élevées sur Marie à genoux qui tient Jésus sur ses bras dans l'attitude de l'offrande, il fait à voix basse des prières à Dieu. Quand le chant a cessé, il dit à haute voix :*)

Dieu d'Abraham, d'Isaac et de Jacob, Dieu de nos pères, regardez favorablement cette fille d'Israël, qui, humblement agenouillée devant votre grandeur suprême, vous prie de la purifier et de recevoir son Premier-né qu'elle vous offre avec une charité et une humilité sincères.

Permettez, Seigneur, qu'elle rachète ce précieux don de votre miséricorde par l'humble offrande des pauvres, et que le sang symbolique que nous venons de verser sur votre autel soit reçu à cet effet de votre divine majesté. (*A Marie :*) Mère, relevez-vous.

MARIE, *se relevant.*

Que le Dieu de Sara, de Rebecca et de Rachel soit béni !

JOSEPH, *prenant l'Enfant Jésus des bras de Marie.*

Et que le Saint des saints, qui a promis de donner à ce temple une gloire plus grande que celle du premier, soit trouvé fidèle dans toutes ses promesses !

(*On s'éloigne de l'autel, et Marie se rapproche d'Anne et de Débora ; elle dit à la première :*)

Ma mère, que je suis heureuse de vous revoir ! (*A la seconde :*) Je vous remercie, bonne Débora, de vous être fait accompagner ici par mes sœurs et mes amies.

TOUTES LES JEUNES FILLES.

O Marie ! que vous êtes bonne !

ANNE.

Fille aimée du Ciel, Mère admirable, mon cœur a tressailli lorsque vos pas bénis se sont fait entendre sur le pavé du temple !... Oh ! vous êtes bienheureuse, Marie ; car le Seigneur a fait en vous de grandes choses.

MARIE, *avec une humble et charmante confusion.*

Parlez bien bas, ma mère. Il faut respecter le secret du Roi suprême ; et d'ailleurs, quelque grandes que soient les œuvres qu'il a daigné opérer en moi, je ne suis toujours que son humble servante.

ANNE.

Vous êtes la Mère du Rédempteur des hommes, et votre nom sera grand parmi les nations.

MARIE, *avec une douce autorité.*

Si vous m'aimez, ma mère, gardez le silence ; ces jeunes enfants ne comprendraient pas ce mystère, et elles pourraient m'estimer au-dessus de ce que je suis, en me mesurant à la hauteur des dons de Dieu. (*Marie se rapproche des jeunes filles.*)

ANNE, *à part.*

A côté de la merveille que voyait Isaïe, quand

il disait : *Une Vierge enfantera un Fils*, les anges et Dieu même admirent le prodige de l'humilité la plus profonde unie à la suprême grandeur.

MARIE.

Mes sœurs, pourquoi vous tenez-vous à l'écart ; ne suis-je plus cette Marie pour laquelle vous aviez tant d'amour ?

DINA.

Eh ! qui en mériterait davantage ?... Si nous nous tenons à l'écart, c'est par respect et non par indifférence ; car il nous semble que depuis votre absence vous nous êtes devenue encore plus chère, et que nous avons mieux estimé le prix du trésor que nous avons perdu.

MARIE.

Mes sœurs, le trésor véritable est la sagesse ; il n'est point de perles précieuses comparables à la beauté de la loi de Dieu. Vous le savez ?

JUDITH.

Oui, Marie ; mais nous savons aussi que ceux qui gardent dans leur cœur cette loi sainte sont les enfants bénis du Très-Haut, mille fois plus chers à ses yeux que l'or le plus pur.

LIA.

Et voilà pourquoi nous vous regardons comme la Fille chérie du Dieu d'Israël, parce qu'on nous a dit avec quelle perfection vous accomplissiez sa volonté dès votre enfance.

MARIE.

En tout cela, mes sœurs, il n'y a de la gloire que pour Dieu seul, et je n'ai que l'obligation de la reconnaissanee; car *se donner soi-même à Dieu, c'est recevoir de lui un nouveau bienfait.*

Adieu! obtenez de Lui qu'il vous accorde cette faveur et l'intelligence du bien que je vous souhaite. (*Elle baise la main d'Anne.*)

Adieu, ma mère!

ANNE, *à demi agenouillée.*

Oh! moi, je voudrais baiser la trace de vos pas.

JOSEPH, *remettant Jésus à sa Mère.*

Fille de David, voici l'heure de regagner notre humble logis.

MARIE, *avec déférence.*

J'attendais, mon seigneur, que vous m'eussiez exprimé votre désir; partons. (*Elle se dispose à envelopper l'Enfant Jésus de son voile.*)

SIMÉON.

O Mère glorieuse entre les mères! permettez qu'un instant ce Fruit béni de vos entrailles repose sur mon cœur.

MARIE, *le lui remettant.*

Qu'il vous soit fait selon vos désirs.

SIMÉON, *pressant l'Enfant Jésus sur son sein, puis l'élevant vers le ciel.*

C'est maintenant, Seigneur, que vous laisserez votre serviteur s'en aller en paix, selon votre parole;

Parce que mes yeux ont vu le Sauveur,

Que vous avez préparé devant la face de tous les peuples,

Lumière qui éclairera les nations, et gloire de votre peuple d'Israël.

(Rendant Jésus à Marie:)

En ce Fils, ô Marie, votre joie est aujourd'hui immense comme le ciel; mais cet Enfant est pour la perte comme pour le salut de plusieurs dans Israël; il sera en butte à la contradiction. Un jour votre âme sera percée à son occasion d'un glaive de douleur, et cette douleur sera grande comme la mer.

MARIE, *s'inclinant.*

Je suis la servante du Seigneur, qu'il me soit fait selon sa volonté.

(*Elle salue et sort, Joseph la suit ; tout le monde les escorte jusqu'au seuil de l'enceinte. Siméon et Anne quittent le temple avec les saints parents.*)

SCÈNE VI

DÉBORA, DINA, NOÉMI ; *chœurs d'Israélites.*

DÉBORA.

Eh bien ! mes filles, que pensez-vous de cette jeune mère et de son Premier-né ?... Votre air de recueillement et de bonheur est déjà une réponse.

NOÉMI.

O ma mère, je ne saurais vous exprimer ce que j'éprouve ; c'est comme une prière dans laquelle on sent la présence de la Divinité.

DINA.

Comme il est beau, cet Enfant ! comme son regard est doux, expressif et puissant!... Ses yeux se sont portés vers moi, et aussitôt mon cœur a brûlé d'un feu céleste.

UNE DES PLUS JEUNES ISRAÉLITES.

Et les anges!... les avez-vous entendus?...

DINA ET NOÉMI.

Ah! nous n'osions pas le dire.... (*A Débora :*) Mère, ce sont donc les anges?

DÉBORA.

Je vois que dans ce jour de grâce personne n'a été excepté des faveurs du Ciel. Oui, mes enfants, il a plu au Seigneur de faire rendre cet honneur à son Fils unique et à son humble Mère. Oui, ce sont les anges qui ont chanté sur leurs harpes d'or : GLOIRE A JÉSUS! GLOIRE A MARIE!

DINA.

Aux premiers accords, j'avais cru que c'était un chœur de musiciens du temple, placé par Siméon pour fêter ainsi le passage de l'aimable Marie; mais les délicates harmonies et les sublimes paroles m'ont bien fait comprendre que les esprits célestes pouvaient seuls chanter d'aussi ravissants cantiques.

NOÉMI.

Que Marie est grande devant le Seigneur !

DÉBORA.

Combien elle est humble devant les hommes !

DINA.

Dites-moi, Noémi, avez-vous compris le souhait que Marie nous a fait en partant?

NOÉMI.

Non, chère sœur ; j'ai bien vu à l'air qui accompagnait ses paroles, qu'elles cachaient un ineffable mystère.

DÉBORA.

C'est une parole scellée pour vous et dont le Fils de Marie brisera le sceau. Dieu ne vous demande encore que de devenir des femmes fortes, des épouses fidèles, des mères vigilantes. Plus tard, en indiquant un état plus sublime qu'il montrera à tous, il ne l'imposera à personne, et il dira : *Que celui qui peut atteindre là, le fasse.*

DINA.

Bonne mère, voilà que vous aussi vous parlez en énigme.

DÉBORA, *souriant.*

Je vous répète qu'un jour vos filles le comprendront. Maintenant, rendons grâces au Saint d'Israël de ce qu'il n'a point oublié ses promesses; et, avant de vous retirer dans les appartements réservés, célébrez par vos chants ce beau jour.

(*Les jeunes Israélites se divisent en deux chœurs.*)

CHANT DES JEUNES ISRAÉLITES

DEUX VOIX.

Ils sont venus les jours que voyait Isaïe;
L'oracle s'accomplit dans l'auguste Marie.
Que le Seigneur est grand en ses divins secrets!
Bien qu'Israël, peuple rebelle,
L'ait mille fois trahi, Dieu demeure fidèle;
La clémence et l'amour inspirent ses décrets.

LE PREMIER CHOEUR.

Divin Enfant, couché sur le sein de ta Mère,
A toi, Fils de David, gloire, éternel honneur!
Tu voiles à nos yeux ta céleste lumière,
Et déjà nous brûlons de ta douce chaleur.

UNE VOIX.

Cendre de nos aïeux, tressaillez dans la tombe;
L'objet de vos désirs du ciel est descendu.
Non, vous ne l'avez pas vainement attendu.
Il vient!... Il est venu!... L'enfer vaincu succombe.

LE CHOEUR.

Divin Enfant couché sur le sein de ta Mère,
A toi, Fils de David, gloire, éternel honneur!
Tu voiles à nos yeux ta céleste lumière,
Et déjà nous brûlons de ta douce chaleur.

(Il se fait un moment de silence ; puis une Israélite faisant partie du deuxième chœur recommence le chant :)

UNE VOIX.

Les peuples pour nos pieds ont forgé des entraves;
Jérusalem gémit sous un joug odieux :
L'étranger là profane au nom d'infâmes dieux,
Et dans son propre sein ses enfants sont esclaves !

LE DEUXIÈME CHOEUR.

Jérusalem, ô cité du grand Roi !
Ne baisse plus ton front dans la poussière ;
Les nations marchant à ta lumière
Diront bientôt : Le salut vient de toi !

DEUX VOIX.

Le Lion de Juda vaincra tes ennemis.
Sous lui peuples et rois garderont ta loi sainte.
Les princes seront fiers d'habiter ton enceinte
Et baiseront le seuil de tes sacrés parvis.

LE CHOEUR ENTIER.

Chante, Sion, chante un nouveau cantique :
Il est venu, le Salut d'Israël !

UNE VOIX.

Oui, le Messie est descendu du ciel;
Nous possédons le Saint, l'Emmanuël;
Nous l'avons vu sous ce portique.

LE PREMIER CHOEUR.

Oui, le Messie est descendu du ciel;
Nous possédons le Saint, l'Emmanuël;
Nous l'avons vu sous ce portique.

LE CHOEUR ENTIER.

Chante, Sion, chante un nouveau cantique :
Il est venu, le Salut d'Israël!
Chante, Sion, chante un nouveau cantique :
Il est venu, le Salut d'Israël!
Il est venu, le Salut d'Israël!!!

LA FUITE EN ÉGYPTE

L'ENFANT JÉSUS.

JOSEPH.

MARIE.

L'ANGE RAPHAEL.

SÉRAPHINS DE LA SUITE DE JÉSUS ET DE MARIE.

CHŒURS D'ANGES DU DÉSERT.

CHŒURS D'ANGES DE LA PLAINE DE BETHLÉHEM.

LA FUITE EN ÉGYPTE

Une oasis où toutes les gracieuses magnificences de la nature se trouvent rassemblées. — On y voit des arbres qui distillent la myrrhe et le baume; d'autres chargés des fruits de toutes les saisons et de tous les climats; des bosquets de myrthes, de chèvrefeuille, de jasmin, de roses et d'iris. La marguerite des prés se mêle à l'odorante violette; le safran et l'hyacinthe embaumée y font sentir leurs parfums. Les oiseaux, au plus riche plumage et aux accents les plus mélodieux, gazouillent, voltigent et viennent, plutôt pour se jouer que pour se désaltérer, plonger leurs becs dans l'eau limpide des ruisseaux qui serpentent sur le gazon.

PREMIER TABLEAU

L'ANGE RAPHAEL, *d'abord seul, puis ceux du désert et de la plaine de Bethléhem.*

L'ange est debout; ses pieds, dont on aperçoit l'extrémité, effleurent à peine le gazon; sa tunique est blanche, ses ailes et sa couronne semblent emprunter leur éclat aux rayons du soleil. L'archange voyageur porte au-dessus de sa tunique une seconde robe qui offre les brillantes couleurs de l'arc-en-ciel; elle est ouverte sur le devant et relevée par une riche ceinture. Il tient à la main une baguette d'or, surmontée du triangle sacré; il contemple avec admiration l'oasis qui, à sa parole et au commandement de son sceptre angélique, vient de surgir au nom de Dieu.

RAPHAEL.

Que la terre pousse des cris de joie, qu'elle chante la grandeur de votre nom, ô Jéhovah! Vous avez parlé, et tout a été fait; vous avez commandé, et ce qui n'était pas a paru, obéissant à votre voix... C'est ainsi que dans les anciens jours de notre glorieuse immortalité, nous vîmes la terre se parer de tout l'éclat que le Créateur Tout-Puissant aime à répandre sur ses ouvrages... O Dieu, vos bénédictions ont couronné la terre ; le désert se réjouit à votre voix et s'embellit d'une merveilleuse fécondité.

Je ne veux pas être seul à vous louer, Seigneur ; permettez que je convie en ce lieu mes frères du désert pour leur apprendre quels glorieux voyageurs vont traverser aujourd'hui leur domaine ; que j'appelle mes frères de Bethléhem pour les consoler des maux sur lesquels leur céleste compassion leur a fait verser des larmes. (*Il appelle.*)

Anges du Très-Haut, aimables gardiens de ces lieux, célestes affligés de la plaine de Rama, venez vous instruire et vous consoler ; venez apprendre les desseins de la justice de Dieu et les secrets de sa miséricorde sur les enfants des hommes.

A son appel apparaissent et s'approchent rapidement vers lui les deux chœurs d'anges. Leurs longues robes aux plis soyeux sont couleur d'or pâle, leurs ailes d'un blanc ouaté et nuageux ; un réseau de diamants couronne leurs cheveux blonds. L'écharpe des anges du désert est bleu tendre semé d'étoiles, celle des anges de Rama est couleur de pourpre teinte deux fois. Ces derniers ont dans leurs mains des palmes d'or flexibles ; ils en penchent un peu la cime vers la terre. La paix et l'ineffable expression de la béatitude brillent sur leur front ; les anges de Bethléhem laissent deviner dans leurs yeux une douce tristesse. — Tous saluent l'archange.

LES ANGES DU DÉSERT.

Gloire à Dieu dans les splendeurs de l'éternité !

LES ANGES DE BETHLÉHEM.

Gloire à Dieu dans sa justice !

RAPHAEL, *rendant le salut.*

Gloire à Dieu dans toutes ses œuvres !

UN ANGE DU DÉSERT.

D'où vient, brillant archange, que vous êtes descendu des célestes demeures ? Dieu a-t-il de nouveau confié à votre sagesse quelque enfant de prédilection pour le guider vers des régions inconnues ?

RAPHAEL.

Les voyageurs qui vont traverser ce désert, et pour lesquels j'ai été envoyé sur la terre, ont pour escorte une foule de princes de la cour céleste ; et les séraphins voient s'augmenter leur gloire, depuis qu'ils font partie de cette garde d'honneur.

TOUS LES ANGES.

L'Enfant-Dieu quitte donc la Judée?...

RAPHAEL, *avec une ineffable compassion.*

L'Enfant-Dieu n'a pas où reposer sa tête... Il est dans les travaux dès sa jeunesse.

UN ANGE DU DÉSERT.

Hâtez-vous de parler, ô notre frère; racontez-nous les desseins du Tout-Puissant; que vos paroles se pressent comme une pluie bienfaisante!

UN ANGE DE RAMA.

Qu'elles descendent sur nous comme les gouttes de rosée sur le gazon, et tous ensemble nous rendrons gloire au Seigneur!

UN ANGE DU DÉSERT, *montrant l'oasis.*

D'où vient, dites-le-nous, que le désert a fleuri comme le Carmel?

DEUXIÈME ANGE, *du même chœur.*

Le désert se réjouira, la solitude sera dans l'allégresse, elle fleurira comme le lis.

TROISIÈME ANGE, *même chœur.*

La gloire du Liban lui est donnée; le désert est paré de la fécondité de Saron !...

RAPHAEL.

Oui, admirez, anges bienheureux, et chantons tous les œuvres de notre Dieu.

QUATRIÈME ANGE, *même chœur.*

Sous les pas du Seigneur, la terre la plus aride fait germer toutes les beautés de l'Eden !

PREMIÈRE VOIX.

Et au passage de la nouvelle Eve, le Paradis, séjour de l'innocence, éclot dans le désert.

DEUXIÈME VOIX.

Le Seigneur consolera Sion; ses déserts seront des lieux de délices.

TROISIÈME VOIX.

On y entendra retentir des actions de grâces et des cantiques de louanges.

RAPHAEL.

Ici, mes frères, ici comme dans les hauteurs des cieux, louons le Seigneur.

TOUS LES ANGES.

ALLELUIA! ALLELUIA!! ALLELUIA!!!

RAPHAEL, *aux anges de Bethléhem.*

Frères bien-aimés, les douleurs des enfants des hommes ont laissé sur vos fronts célestes un reflet de sainte compassion!

UN ANGE DE RAMA.

Nous nous sommes associés aux filles de Sion pour chanter avec le prophète : La mort s'est introduite par nos fenêtres; elle est entrée dans nos maisons; elle a exterminé nos enfants dans les rues mêmes de la cité!

DEUXIÈME ANGE, *même chœur.*

Une voix a été entendue sur les hauteurs : voix de lamentation, de deuil et de larmes; c'est Rachel pleurant ses enfants...

TROISIÈME ANGE, *même chœur.*

Et ne voulant pas être consolée, parce qu'ils ne sont plus.

QUATRIÈME ANGE, *même chœur.*

La joie est bannie du Carmel; ses vignes ne retentiront plus de chants d'allégresse.

PREMIÈRE VOIX.

Les gémissements de Bethléhem ressemblent aux sons lugubres d'une harpe; toutes les entrailles se sont émues sur ses malheurs.

DEUXIÈME VOIX.

Après la récolte, l'olivier offre encore de rares olives à l'extrémité des branches et au sommet de l'arbre.

TROISIÈME VOIX.

La vigne conserve encore quelques raisins après la vendange.

QUATRIÈME VOIX.

Mais les cruels vendangeurs de la vallée de Bethléhem n'ont pas laissé une grappe à la vigne désolée.

PREMIÈRE VOIX.

L'olivier de la terre de Rachel a été agité avec tant de violence que pas un seul fruit n'y est resté suspendu!...

RAPHAEL.

Mes frères, dites aux filles de la Judée : Consolez-vous; les morts que vous pleurez vivent.

UN ANGE DU DÉSERT.

Non, ne pleurez plus ces jeunes victimes : Enfants

aimés des cieux, ils ont été délivrés comme un oiseau qui s'échappe joyeux du filet.

UN ANGE DE RAMA.

Le Seigneur a tiré sa louange de la bouche des enfants à la mamelle; il en a fait les *Témoins* de l'Enfant-Dieu.

UN ANGE DU DÉSERT.

Ceux-ci sont vierges, ils suivront l'Agneau partout où il ira.

PLUSIEURS ANGES DES DEUX CHOEURS.

Louons Dieu! louons Dieu!... Enfants, louez à jamais le nom du Seigneur.

UN ANGE DU DÉSERT.

Louez le Seigneur, vous qui avez été rachetés d'entre les hommes!

UN ANGE DE RAMA.

Louez le Seigneur, vous qui êtes les bienheureuses prémices offertes à Dieu et à l'Agneau...

VOIX DES DEUX CHOEURS.

A l'Agneau divin qui effacera les péchés du monde.

RAPHAEL.

J'ai vu l'Agneau debout sur la montagne de

Sion; et ceux qui l'entouraient avaient son nom et le nom de son Père écrits sur leur front.

UN ANGE DE RAMA.

Salut, fleurs des martyrs! reposez en paix dans le sein d'Abraham jusqu'à ce que le Dominateur de la mort vous appelle par un nom nouveau....

UN ANGE DU DÉSERT.

Jusqu'à ce qu'après son mystérieux sommeil, s'éveille le Lion de la tribu de Juda.

TOUS LES ANGES DE RAMA, *élevant et tenant haut leurs palmes, qu'ils laissent ensuite retomber comme précédemment.*

Gloire! bénédiction! amour! puissance à Celui seul libre entre les morts!!!...

RAPHAEL.

Ce Triomphateur des âges futurs est ceint aujourd'hui des bandelettes de l'enfance!

UN ANGE DU DÉSERT.

Son trône est dans le soleil, et il est enveloppé des voiles d'une humble vierge!

UN ANGE DE RAMA.

Il va parcourir sa carrière comme un géant,

et ses pieds délicats ne peuvent encore fouler l'herbe des prairies !

RAPHAEL.

O profondeur de la sagesse et de la science de Dieu !

TOUS LES ANGES.

Que tout esprit s'incline et l'adore !

RAPHAEL.

Celui qui juge les rois, Celui qui a précipité du haut des cieux d'orgueilleuses puissances, fuit aujourd'hui devant un tyran obscur.

UN ANGE DE RAMA.

Malheur à l'ouvrier d'iniquité dont les lèvres se sont ouvertes pour un ordre impie ! Il a parlé, et des flots de sang ont coulé dans Rama !

RAPHAEL.

Voilà que le Seigneur va fondre sur lui comme un tourbillon qui ravage, comme un torrent qui déborde.

UN ANGE DU DÉSERT.

Couronne d'orgueil, tu seras foulée aux pieds. Encore un peu de temps, et les sapins et les cèdres du Liban verront avec joie ta ruine.

UN ANGE DE RAMA.

Il croit avoir fait un pacte avec la mort, une alliance avec l'enfer...

UN ANGE DU DÉSERT.

L'impie s'égare dans ses pensées; son espérance est dans le mensonge.

RAPHAEL.

Le Seigneur confond la sagesse des sages et se raille de la prudence des prudents. Le tyran voulait immoler l'Enfant à ses cruautés jalouses, et voilà que seul l'Enfant-Dieu échappe à sa fureur. Ceux qu'il immole deviennent des anges-martyrs, prédestinés à un bonheur suprême. L'adorable Exilé va jeter dans l'Egypte le germe des vertus et la semence des solitaires. Lui seul, l'impie subira le châtiment de ses œuvres; il a creusé une fosse, et il y est tombé.

UN ANGE DU DÉSERT.

Le Seigneur est porté sur un nuage léger. Il entre en Egypte; à sa présence, les idoles sont ébranlées.

UN ANGE DE RAMA.

Un temps viendra où l'Egypte parlera la langue de Juda et jurera au nom du Dieu des armées.

DEUXIÈME VOIX.

Le Seigneur a frappé l'Egypte d'une plaie, mais il la guérira. Il dira : Je bénis l'Egypte, et elle devient mon peuple.

RAPHAEL.

La terre fait éclore ses semences ; le jardin se pare de fleurs et de fruits; ainsi le Seigneur fera germer sa justice et éclater sa gloire au milieu des nations.

DEUXIÈME TABLEAU

Les mêmes; JÉSUS, MARIE, JOSEPH, *Anges de leur suite.*

La céleste caravane apparaît dans un lointain très-éloigné ; les anges de la garde divine sont parés comme lors du voyage de la Visitation. Comme alors aussi, saint Joseph marche à côté de sa virginale épouse montée sur l'ânesse. Rien n'est changé dans l'air et les manières nobles, saintes, presque célestes des deux époux ; la Vierge-Mère porte dans ses bras le Verbe incarné, et ses yeux ravis le contemplent avec un indicible amour.

Quelquefois, elle s'incline sur son doux trésor et pose, embrasées du feu céleste, ses lèvres maternelles sur le front de l'Enfant divin avec une expression où la tendresse la plus vive se joint à la plus profonde adoration. Les séraphins, dans le silence de l'admiration, couvrent leurs visages de leurs ailes, et, penchés sur leurs harpes d'or, font entendre une mélodie d'une ineffable douceur, mélodie à laquelle s'unit celle des séraphins demeurés dans les hauteurs des cieux. Les deux chœurs, celui du ciel et celui de la terre, n'échangent pas d'autres paroles que celles du triple *Sanctus.* Ces paroles mêmes ne retentissent qu'à des intervalles éloignés.

Les chœurs et l'harmonie céleste s'entendent plus sensiblement, à mesure que le cortége divin se rapproche de l'oasis, devant laquelle sont toujours groupés, mais sans se confondre, les deux chœurs d'anges et Raphaël.

Au moment de l'apparition du cortége, tous les anges se prosternent et restent quelque temps dans un silence d'adoration; puis ils se relèvent.

RAPHAEL.

Voici le Sauveur du monde : il porte avec lui ses couronnes, et ses œuvres le précèdent.

UN ANGE DU DÉSERT.

Vous sortirez en ce jour et vous marcherez dans la paix. Les montagnes et les collines retentiront devant vous de chants d'allégresse, et tous les arbres de la terre tressailliront de joie en votre présence.

DEUXIÈME ANGE, *même chœur*.

Ouvrez un chemin, préparez la voie, écartez tout ce qui s'oppose à sa marche.

RAPHAEL.

Le Seigneur a créé sur la terre un nouveau prodige!... il a parlé : Voici l'Homme....

TROISIÈME ANGE, *même chœur*.

L'Homme-Roi, l'Homme-Rédempteur, l'Homme-Dieu!

ANGE DE RAMA.

C'est celui de qui il a été dit : Un homme *sera toujours* dans la race de David pour s'asseoir sur le trône d'Israël.

DEUXIÈME ANGE, *même chœur.*

Cet Homme est l'ALPHA et l'OMÉGA ; cet Homme est le DIEU QUI EST.

RAPHAEL.

Ce Dieu, c'est l'Enfant que vous voyez entouré des bras de sa mère comme d'un rempart.

TROISIÈME ANGE, *même chœur.*

Son nom est JÉHOVAH, la Vie.

DEUXIÈME ANGE, *même chœur.*

Son nom est JÉSUS, le Salut.

RAPHAEL.

Adorons-le caché sur le sein de sa Mère.

TOUS LES ANGES.

Oui, oui, adorons-le !...

(*Tous les anges restent silencieux et prosternés.*)

RAPHAEL, *après une pause.*

Glorieuse Mère, Celui qui vous a créé a reposé dans votre tabernacle.

ANGE DU DÉSERT.

Il vous a donné Israël pour héritage ; il vous a établie la Reine des élus.

DEUXIÈME ANGE, *même chœur.*

Vous êtes bienheureuse, ô Marie, Vierge sainte qui portez dans vos bras le Seigneur du ciel et de la terre.

TROISIÈME ANGE, *même chœur.*

Vous êtes élevée comme un cèdre sur le Liban, et comme un cyprès sur la montagne de Sion.

QUATRIÈME ANGE, *même chœur.*

Vous êtes belle comme le palmier de Cadès, suave comme le rosier de Jéricho.

ANGE DE RAMA.

C'est de vous qu'est sorti le Soleil de justice, notre Roi, notre Dieu.

DEUXIÈME ANGE, *même chœur.*

Comme le lis au milieu des épines, la bien-aimée du Seigneur s'élève au-dessus des enfants d'Adam.

TROISIÈME ANGE, *même chœur.*

Son nom est comme une huile répandue; il est plus suave que les parfums les plus exquis.

RAPHAEL.

Hâtez-vous, hâtez-vous, Vierge-Mère, venez. Les fleurs ont paru sur la terre déserte, les arbres montrent leurs fruits, la vigne en fleurs répand ses parfums.

ANGE DU DÉSERT.

Quelle est celle-ci, qui traverse le désert, exhalant la myrrhe et l'encens?

ANGE DE RAMA.

Ses lèvres distillent le miel, l'odeur de ses vêtements est comme l'odeur du Liban.

ANGE DU DÉSERT.

C'est le trône où repose le vrai Salomon.

RAPHAEL.

C'est la Sainte des saints.

ANGE DE RAMA.

C'est la Colombe sans tache et bien-aimée du Très-Haut.

DEUXIÈME ANGE, *même chœur.*

C'est celle qui est terrible à l'enfer comme une armée rangée en bataille.

TROISIÈME ANGE, *même chœur.*

C'est celle qui est douce aux enfants de Dieu comme un rayon du miel le plus exquis.

QUATRIÈME ANGE, *même chœur.*

C'est l'arche d'alliance, c'est l'arc-en-ciel donné pour gage de la bonté de Dieu.

CINQUIÈME ANGE, *même chœur.*

C'est le plus doux sourire de sa miséricorde.

RAPHAEL.

Le Bien-Aimé s'appuie sur elle; il repose parmi les lis....

TOUS LES ANGES.

Louange, amour à la Vierge-Mère!

(*Ils restent pendant quelque temps profondément inclinés.*)

RAPHAEL, *après un moment de silence.*

Louons aussi, mes frères, le saint économe de la maison de Dieu.

PLUSIEURS VOIX.

Cela est juste et raisonnable.

ANGE DE RAMA.

L'homme fidèle recevra beaucoup de louanges, et celui qui est le gardien de son Seigneur sera glorifié.

ANGE DU DÉSERT.

Le Seigneur l'a établi le maître de sa maison, et le prince de tout ce qu'il possède.

ANGE DE RAMA.

Il a toujours été très-fidèle à Dieu dans toutes ses œuvres.

DEUXIÈME ANGE, *même chœur.*

Obéissant à sa voix, il a été le gardien vigilant de sa chaste épouse, selon la parole du Seigneur.

TROISIÈME ANGE, *même chœur.*

Il l'a assistée en Bethléhem selon toutes les ressources de sa pauvreté.

ANGE DU DÉSERT.

Il a racheté l'Enfant-Dieu du temple au jour de la purification de sa mère.

DEUXIÈME ANGE, *même chœur.*

Et le voici qui, pour préserver cet Enfant divin de la cruauté d'Hérode, suit courageusement la voie du désert.

TROISIÈME ANGE, *même chœur.*

Vous l'avez prévenu, Seigneur, des douceurs de votre grâce.

QUATRIÈME ANGE, *même chœur.*

Vous avez mis sur sa tête une couronne de pierres précieuses.

TOUS LES ANGES DE CE CHOEUR, *s'inclinant.*

Gloire à Joseph ! Que le gardien du Seigneur soit béni à jamais !

TOUT L'AUTRE CHOEUR, *s'inclinant plus bas encore.*

Gloire à Marie, l'Epouse très-fidèle, la Vierge des vierges, la Mère de la divine Grâce !

LES DEUX CHOEURS, *se prosternant.*

Gloire à Jésus, qui est né d'une Vierge ! Gloire au Père, à l'Esprit de vie, dans les siècles éternels ! (*Ils se relèvent.*)

CHANT DES ANGES DE RAMA

CHOEUR.

Aux pieds du divin Maître
Fléchissons les genoux ;
Il naît.... et fait paraître
Comme il est humble et doux.

PREMIÈRE VOIX.

C'est le lis de la vallée
Au calice pur et blanc ;
Contre lui s'est émoussée
La serpe du méchant.

DEUXIÈME VOIX.

C'est l'Agneau, l'Agneau sans tache,
Que dans son amour jaloux
La tendre brebis arrache
A la fureur des loups.

TROISIÈME VOIX.

C'est l'innocente colombe
Que le Ciel dérobe au jour,
Ne voulant pas qu'elle tombe
Aux serres du vautour.

CHOEUR.

Aux pieds du divin Maître
Fléchissons les genoux;
Il naît.... et fait paraître
Comme il est humble et doux.

(Les anges de Rama se placent d'un côté près de l'archange Raphaël; les anges du Désert se placent de l'autre côté.)

CHANT DES ANGES DU DÉSERT

Celui qui remplit tout de sa sainte présence,
Qui soutient dans sa main et la terre et les cieux,
Dont rien ne peut braver l'adorable puissance,
Comme un pauvre proscrit vient traverser ces lieux.

DEUX VOIX.

Non, ce n'est plus la solitude vide;
L'Eternel est ici.
L'heure est venue où sur son sable aride,
Le désert a fleuri.

DEUX AUTRES VOIX.

A Bethléhem, sur la paille nous vîmes
Naître ce Dieu Sauveur.
Oiseaux, chantez; arbres, couvrez vos cimes;
C'est votre Créateur.

DEUX AUTRES.

En ce désert que tout vous rende hommage,
Céleste Pèlerin!
Cèdres, palmiers, offrez un doux ombrage
A cet Enfant divin.

CHOEUR.

Celui qui remplit tout de sa sainte présence,
Qui soutient dans sa main et la terre et les cieux,
Dont rien ne peut braver l'adorable puissance,
Comme un pauvre proscrit vient traverser ces lieux.

LES DEUX CHOEURS RÉUNIS.

Le Prince de la paix s'avance,
Bénissons!... adorons en silence.

RAPHAEL.

Prosternez-vous!.... Le voilà, le voilà!
Au Dieu du ciel, HOSANNA! HOSANNA!!!

TOUS.

Au Dieu du ciel, HOSANNA! HOSANNA!!!

(*Tous se prosternent.*)

TROISIÈME TABLEAU

MARIE, JOSEPH, RAPHAEL, ANGES DE RAMA, ANGES DU DÉSERT.

En ce moment, les divins voyageurs arrivent à l'oasis. Les deux chœurs, ayant Raphaël à leur tête, demeurent plongés dans une profonde contemplation; leur attitude est celle des intelligences célestes devant le trône de Dieu. La mélodie des séraphins continue, toujours en alternant avec celle des cieux. De minute en minute on entend le *Sanctus* éternel, et alors l'harmonie devient ravissante, et les célestes physionomies des anges font pressentir ce que saint Paul assure ne pouvoir être ni vu, ni entendu, ni compris ici-bas.

Les oiseaux mêlent timidement leurs concerts à celui des séraphins, les insectes bourdonnent et voltigent, un frémissement de joie semble faire tressaillir tous les êtres : arbres, fleurs, herbes, rosée, tout semble louer Dieu et sentir sa présence.

La mélodie s'arrête quelques instants.

MARIE.

Vous voyez, mon seigneur, comme il est bon de se confier dans le Dieu qui est notre salut !... Non-seulement il a daigné commander à ses anges de nous guider dans toutes nos voies, mais voici qu'il a dressé dans le désert un pavillon magnifique pour que nous puissions nous y délasser à l'abri des ardeurs du soleil.

JOSEPH.

Oui, fille de David, le Seigneur est bon; sa miséricorde est éternelle. Mais pour qui serait donc ce qu'il y a de meilleur au ciel et sur la terre, sinon pour vous, l'élue du Seigneur, vous son unique entre toutes?...

MARIE.

Vous savez bien, mon vénérable époux, que je ne suis que la servante du Seigneur, et que ses dons en moi sont purement gratuits.... (*Montrant Jésus sans le dégager de son voile :*) Voilà le Bien-aimé par excellence!... Voilà Celui en qui le Père se complaît éternellement... C'est par lui, c'est pour lui qu'il a tout fait.

JOSEPH.

Hosanna au Fils de David! Béni soit Celui qui vient plein de douceur et de paix au nom du Seigneur!

MARIE.

Autrefois il se faisait appeler le Dieu terrible, le Dieu des vengeances; et quand il marchait à la tête de son peuple, la mer s'enfuyait épouvantée, les montagnes et les collines s'agitaient d'effroi et de terreur. Mais aujourd'hui qu'il se fait le frère et le pasteur d'Israël, la nature fête sa présence et se pare, à son passage, de toutes ses grâces, de toutes ses fleurs, de tous ses parfums.

JOSEPH.

Le Seigneur est sage, suave et doux dans ses œuvres; elles sont toutes proportionnées aux desseins de son adorable volonté.

MARIE, *à Jésus avec une inflexion de voix indéfinissable.*

Allons, mon Bien-aimé, allons nous reposer sous cet ombrage que vos mains ont planté.... C'est un palais qui doit vous plaire, à Vous, qui êtes le Lis des champs et la Fleur des vallées. Venez vous y reposer pendant que le jour dure et que les ombres s'abaissent. (*Elle presse l'Enfant-Dieu sur son sein, et son visage reflète l'adoration de son âme.*)

A Joseph :

Mon seigneur et mon père, voici un endroit (*elle le désigne de la main*) qui me paraît convenable et où nous pourrons nous arrêter un peu. Voudriez-vous bien y guider l'ânesse ? Les arbustes qui s'entrelacent sur nos têtes sont assez élevés pour que je puisse rester montée jusqu'au lieu de notre repos. (*Puis, avec un sentiment indicible et à voix basse :*)

Voici votre ROI qui vient à vous; il est le Juste; il est le Sauveur; il est pauvre, et il est monté sur une ânesse. Ne craignez point, fille de Sion, voici votre Roi qui vient plein de douceur!

(*Saint Joseph obéit à la Mère de Dieu. En même temps, un nuage immense aux reflets d'azur, de pourpre et d'or, couvre tout l'oasis. La mélodie éclate avec une force qui n'ôte rien à sa douceur. Les séraphins sont enveloppés comme la sainte famille dans l'intérieur de l'oasis. — L'archange Raphaël, dont la mission est remplie, se prosterne devant la tente royale, puis s'enveloppe d'un nuage et remonte au ciel.*)

ANGE DU DÉSERT.

Voilà le tabernacle de Dieu avec les hommes!

ANGE DE RAMA.

Ce lieu est saint et terrible; c'est la maison de Dieu.

ANGE DU DÉSERT.

Disons plutôt, mes frères, disons plutôt: Que vos tabernacles sont aimables, ô Emmanuël!

DEUXIÈME ANGE, *même chœur.*

C'est bien toujours le Dieu du Sinaï, mais ses

mains enfantines ne sont plus remplies que de grâces.

ANGE DE RAMA.

Il vient apporter le feu sur la terre ; mais c'est pour incendier les cœurs de son amour.

(Le nuage s'entr'ouvre : on voit Marie assise sur un petit tertre de gazon dans un berceau de fleurs ; Jésus repose toujours dans ses bras. Saint Joseph présente à Marie de beaux fruits sur une feuille d'arbre.)

ANGE DE RAMA, *profondément incliné.*

Gloire à l'Agneau ! Amour à la Reine des martyrs !

(Ils jettent, en signe d'hommage, toutes leurs palmes aux pieds de Jésus et de Marie ; puis se relevant, ils saluent par un céleste sourire leurs frères du désert et s'envolent vers Bethléhem.)

Le nuage aux brillants reflets se referme. Les anges du désert se divisent rapidement en deux chœurs; puis s'élevant à la hauteur du nuage mystérieux, ils se réunissent des mains et des ailes, et, formant une couronne vivante et éblouissante d'un céleste éclat, ils planent au-dessus de la tente du grand Roi.

En ce moment, et comme pour applaudir à leur action, le Ciel verse sur la terre toutes ses mélodies.

TABLE

Avant-propos. vii

A l'Enfant-Dieu. xvii

La Nativité de Notre-Seigneur Jésus-Christ. . . 21

La Purification de Marie. 73

La Fuite en Egypte. 101

— Lille. Typ. L. Lefort. 1861. —

récits, nous trouvons des hommes de tous les pays, de tous les temps, de toutes les conditions, de tous les âges, placés dans toutes les conditions de la vie, sur les trônes, dans les chaumières, au milieu des tentations du luxe et des épreuves de la pauvreté, dans le cloître, dans le monde, au désert, dans le tumulte de la vie sociale, soldats, marchands, laboureurs, vieillards, enfants, jeunes hommes, grandes dames, personnages puissants, esclaves, maîtres et serviteurs, qui ont marché sur la route où nous cheminons laborieusement, et qui sont arrivés au but. Nous rencontrons donc dans les *Vies des Saints* des exemples, des encouragements, des leçons. Il ne faut pas l'oublier, en effet, ces vies ne nous offrent pas un idéal auquel nous soyons dispensés d'atteindre. L'Eglise nous le dit : « Nous sommes les enfants des saints et nous devons être saints nous-mêmes. »

On avait fait aux *Vies des Saints* de Butler et de Godescard un reproche : on avait dit que le traducteur Godescard s'était montré trop timide dans le récit des miracles si fréquemment relatés dans les vies des saints, et qu'il paraissait souvent craindre de les affirmer. Il semble qu'il y a à ce sujet une règle de sagesse dont il est important de ne pas se départir. Il ne faut jamais douter de la puissance de Dieu, et par conséquent des miracles certifiés. Ni cette puissance ni cette bonté qui, au début du christianisme, ont éclaté par tant de merveilles, ne se sont affaiblies. Dieu peut toujours ce qu'il veut ; il peut donc rendre la vie aux morts, la santé aux malades, le mouvement aux paralytiques, la vue aux aveugles, l'ouïe aux sourds. Les lois de la nature, qui ne sont qu'une partie du plan général par lequel l'Ordonnateur suprême régit l'univers, sont toujours soumises à leur Auteur. Mais comme Dieu ne veut pas toujours tout ce qu'il peut, il y a des règles d'une sagesse vraiment catholique qu'il faut appliquer au récit des miracles qui ne sont pas notoires ; et ces règles, l'Eglise nous les trace elle-même dans les précautions qu'elle prend pour la canonisation des saints, sur laquelle le pieux et savant Pape Benoît XIV a écrit un traité que l'éditeur de cette nouvelle édition a eu l'heureuse idée de joindre à l'ouvrage.

Une intelligence vraiment catholique doit, ce semble, se placer, entre une crédulité aveugle et passionnée et une incrédulité systématique, dans une croyance raisonnable et raisonnée. Il n'y a que les cœurs secs et froids qui se jettent dans la négation absolue quand il s'agit de miracles qui ne font point partie de ceux que tous les chrétiens doivent croire ; mais, bien que l'on comprenne la disposition des âmes tendres et pieuses à admettre, sans une enquête approfondie, ces faits surnaturels où éclate la bonté de Dieu, il y a pourtant de graves inconvénients à admettre trop facilement l'existence des miracles qui ne sont pas suffisamment démontrés, parce qu'on décrédite ainsi l'affirmation catholique relativement à l'existence générale des miracles. On ne peut donc qu'approuver les lignes suivantes, qui se trouvent dans l'avertissement de la nouvelle édition : « Appuyés sur l'autorité d'écrivains judicieux et érudits, dont les ouvrages, universellement estimés, ont, depuis les travaux de Godescard, éclairci bien des points obscurs ou imparfaitement approfondis, nous avons pu, sans compromettre la sagesse de nos devanciers, faire subir à quelques vies importantes de notables modifications et leur donner de plus amples développements, toujours appuyés sur des documents ou témoignages irrécusables. Quant aux faits pour lesquels il n'a pas été possible de réunir les mêmes conditions d'authenticité, loin de faire un reproche à Godescard de sa réserve, nous y trouvons un titre de plus à son exactitude d'écrivain et à sa fidélité scrupuleuse d'historien. Entre l'extrême simplicité qui admet tout sans examen, et la systématique incrédulité qui rejette tout sans pudeur, il y a un milieu. »

L'Eglise, qui ne saurait nous dire tous les noms des saints qui sont dans le ciel, ce qui n'est pas nécessaire à notre édification, et qui, dans une de ses grandes fêtes de l'année, célèbre le souvenir de ces saints inconnus aux hommes, mais connus de Dieu, que nous verrons au dernier jour, a tracé des règles précises d'après lesquelles elle indique elle-même ceux qu'elle propose à l'admiration et à l'imitation des fidèles. Le Pape Grégoire XIV constate, dans son *Traité de la canonisation*, que le premier cri de la religion fut le culte des martyrs, professé par les témoins oculaires de leur mort, mais que, dès les premiers temps aussi, l'Eglise n'admit ce culte qu'autant qu'il était proclamé par le pasteur légitime. L'acclamation populaire ne suffisait pas : de là ce titre de *martyres vindicati* : les martyrs que l'Eglise a revendiqués, qu'elle a vengés de l'ignominie du supplice en leur rendant un hommage religieux ; de là aussi l'institution de ces diacres dont parle saint Cyprien, et qui étaient chargés de noter le jour du martyre des chrétiens qui souffraient la mort pour Jésus-Christ, d'écrire les actes de ce martyre, pour en faire un rapport à l'évêque diocésain. Ce furent donc d'abord les évêques qui préconisèrent les martyrs. Peu à peu, et à une époque qui ne peut guère remonter au delà du dixième siècle, le Saint-Siége se réserva la prérogative de la canonisation et de la préconisation des saints, parce qu'il s'agissait d'un acte auquel on ne pouvait procéder avec trop de prudence et trop de solennité, et toutes les églises particulières s'inclinèrent devant cette décision de l'Eglise romaine, cette mère de toutes les églises. Dans les anciennes procédures, un concile général devait porter l'arrêt de canonisation. On y lisait la vie du serviteur de Dieu, qui contenait le recueil et la preuve de ses vertus. On y ajoutait les dépositions authentiques des témoins oculaires pour attester ses miracles, et le synode décidait. Les Papes crurent devoir prendre des précautions encore plus rigoureuses, et les procédures qui sont aujourd'hui les préliminaires indispensables d'un jugement de canonisation sont longues et compliquées. Les premières instructions sont dressées sur les lieux par l'évêque diocésain. Il commence le procès par deux instances différentes. La première est une information pour constater la renommée publique des vertus et des miracles. La seconde est une perquisition exacte pour s'assurer qu'on a fidèlement exécuté les décrets d'Urbain VIII, qui défendent de rendre aucun culte public aux serviteurs de Dieu, quand ils ne sont ni béatifiés ni canonisés. Les enquêtes et les jugements de l'évêque diocésain sur ces deux points sont portés à la cour du Pape. On examine d'abord les écrits de la personne proposée : s'ils sont exempts de reproches, le Pape signe la commission qui permet que la congrégation des rites travaille au procès ; mais il faut que dix ans entiers se soient écoulés depuis que les actes dressés par l'évêque diocésain ont été portés à Rome. L'approbation des vertus est délibérée dans trois congrégations consécutives, anté-préparatoire, préparatoire, et générale ; cette information, qui passe ainsi par trois degrés différents, n'arrive à son terme qu'au bout de cinquante ans révolus. Quand on est fixé sur les vertus, on passe à l'information sur les miracles, qui doivent être au moins au nombre de deux. Dans toutes les assemblées générales il faut que les deux tiers des voix se prononcent pour l'affirmative ; après quoi le Pape prononce seul et en secret.

On conviendra que jamais la justice civile n'a procédé avec autant de scrupule, de précaution, de rigueur pour arriver à la connaissance de la vérité. Ce n'est donc pas à la légère que nous rendons un culte aux saints, car c'est sur le témoignage de l'autorité la plus respectable, éclairée par l'enquête la plus sévère. Les incrédules, qui ont voulu quelquefois jeter la raillerie sur les canonisations, conviendront que les procédés en usage dans l'Eglise pour les proclamer, diffèrent singulièrement de ceux dont usait la Révolution pour envoyer ses grands hommes au Panthéon, sauf à les en tirer, à la première crise, pour les jeter à l'égout voisin. Ces détails m'ont paru bons à donner en parlant des *Vies des Saints*, car ils justifient à la fois l'Eglise et les fidèles, et l'éditeur de ce beau livre a eu raison de penser que ce *Traité de la canonisation* en était l'introduction naturelle.

Je le féliciterai également d'avoir donné le Panégyrique de tous les saints par le diacre Constantin, monument du sixième siècle, découvert et publié par le célèbre cardinal Angelo Maï. Cette pièce, comme une médaille presque contemporaine des siècles de persécution, vient confirmer la tradition de l'Eglise. Les protestants et tous les hérétiques qui ont condamné le culte des saints comme une innovation, se trouvent jugés et condamnés par ce document historique. Dans ce discours, l'orateur sacré représente, comme dans un dramatique tableau, les idées, les sentiments, les actes des martyrs. Il les met en face de leurs juges, il fait entendre l'interrogatoire de ceux-ci, les réponses des martyrs, les exhortations, puis les menaces des premiers, les invincibles refus opposés par les seconds à la proposition de sacrifier aux dieux, leurs prières pour les bourreaux, leurs prières pour l'Eglise, la confession des vérités sacrées. C'est comme une évocation du catholicisme primitif qui, confronté avec le catholicisme moderne, se trouve identiquement semblable à lui, de sorte que les siècles en se succédant n'ont rien changé aux idées, aux sentiments, aux croyances, aux actions des chrétiens qui pensent ce qu'ils pensaient, disent ce qu'ils disaient, et font ce qu'ils faisaient il y a tant de siècles, car en lisant les actes des martyrs de la Chine, nous retrouvons l'histoire des martyrs racontée par le diacre Constantin.

Je ne puis entrer, on le pense bien, dans l'analyse détaillée de tous ces volumes, où l'on trouve tant de vies diverses qui se sont écoulées dans des siècles, chez des peuples et sous des climats différents. Quelle admirable variété de caractères, de conditions, d'événements! mais, en même temps, quelle admirable unité dans les croyances! comme toutes ces saintes âmes se rencontrent dans la foi, l'espérance et la charité! L'histoire se trouve mêlée sans cesse à la biographie, car le christianisme a rempli le monde, il a lutté contre lui avant de s'en emparer, et même, après s'en être emparé, il a eu à combattre les erreurs et les vices, qui n'ont jamais dit leur dernier mot contre la vérité et contre la vertu. La morale s'y trouve à chaque instant mêlée à l'histoire, mêlée à tel point que l'on a pu faire une espèce de table des matières qui, contenant la nomenclature de toutes les croyances catholiques et de toutes les vertus chrétiennes, renvoie le lecteur à chaque vie où il peut en trouver un exemple ou un enseignement.

En parcourant la table chronologique des saints, table qui remonte au premier siècle de l'Eglise pour ne s'arrêter qu'au siècle où nous sommes, mes yeux sont tombés, avec une émotion facile à comprendre, sur le nom d'une pieuse princesse : Marie-Clotilde de France, reine de Sardaigne, déclarée vénérable par la congrégation des rites en 1808, et dont la canonisation se poursuit. C'est avec des sentiments qu'éprouveront sans doute tous mes lecteurs, que j'ai lu dans la notice consacrée à cette princesse les lignes suivantes, que je transcris sans y changer un mot : « Fille soumise de l'Eglise catholique, la pieuse reine en observait les lois avec exactitude et manifestait dans toutes les circonstances les sentiments les plus respectueux pour le Souverain-Pontife. Elle fut très-péniblement affectée des traverses et des souffrances de Pie VI ; elle y prenait un vif intérêt, et partagea sincèrement l'admiration que donnèrent aux fidèles la patience et la fermeté de ce vénérable Chef de l'Eglise au milieu des plus affreuses tribulations. Marie-Clotilde fut elle-même plusieurs fois dans le cas de pratiquer cette vertu qu'elle admirait dans le successeur de saint Pierre. Les malheurs de sa famille, la mort cruelle de son frère, le Roi Louis XVI, celle de la Reine, de Madame Elisabeth, sa sœur cadette, l'avaient profondément affligée. Elle avait surtout, à la nouvelle du trépas de Louis XVI, éprouvé un si violent saisissement, que le prince de Piémont n'avait pu adoucir sa peine qu'en lui parlant le langage de la religion ; elle eut, quelques années plus tard, à supporter des malheurs personnels qui n'étaient guère moins grands que ceux de son auguste famille. La mort du roi Victor, son beau-père, arrivée le 16 octobre 1796, avait placé son époux, Charles-Emmanuel, sur le trône de Sardaigne. Devenu roi, ce prince ne s'occupait qu'à faire le bonheur de ses sujets, lorsqu'un décret du Directoire de France, qui changeait le duché de Piémont en république, le força de chercher, en 1798, un asile loin de Turin qu'il habitait. »

Ainsi la vénérable Clotilde, reine de Piémont, eut à souffrir de la Révolution ; elle éprouva ces spoliations arbitraires qui changent en un instant la constitution et les positions des Etats, et qui bouleversent les principes de souveraineté. Elle connut les amertumes de l'exil. En lisant la notice qui lui est consacrée dans les *Vies des Saints*, je la vois quitter le Piémont, puis se rendre à Parme, à Florence, où elle reçut successivement l'hospitalité, puis en Sardaigne, dernier asile de sa maison, puis à Rome, où le Pape lui donna l'hospitalité, ainsi qu'au roi de Piémont, tant que le Directoire n'eut pas enlevé Pie VI du Vatican, en mettant Rome en république. Ce fut alors qu'elle se réfugia à Naples, où elle mourut, en 1802, en odeur de sainteté. Que pourrais-je ajouter de plus? comme le dit Bossuet dans le sermon pour la prise d'habit de Mme de la Vallière, « les choses parlent ici d'elles-mêmes. Laissons-les parler! »

Je ne voudrais pas terminer cette étude incomplète destinée à payer un juste tribut d'éloges à un livre plein d'intérêt, sans dire un mot d'un morceau qui en est le digne complément : c'est le *Traité* de Lactance, *sur la mort des persécuteurs*. Après avoir raconté les vies des serviteurs de l'Eglise, de ceux qui l'honorent dans le ciel par leur sainteté, après l'avoir honorée sur la terre par leurs vertus, il était naturel de placer en regard le tableau des châtiments providentiels de ceux qui l'ont persécutée. Lactance l'a fait pour son temps, comme Joseph de Maistre devait le faire pour le moyen âge, dans quelques phrases énergiques qui rappellent la fin tragique de ces princes de la maison de Souabe qui se déclarèrent les ennemis de la papauté. Quoique le style de Lactance ne soit pas exempt de ce mauvais goût qui avait envahi la littérature latine à l'époque où il écrivait le tableau de la mort des persécuteurs, dédié par lui au confesseur Donat, qui avait souffert neuf fois diverses tortures pour le nom de Jésus-Christ, ce morceau historique est plein de grandeur et de majesté. Ce n'est pas un enseignement didactique : c'est une page dramatique détachée de l'histoire romaine, et qui, renfermant les seize dernières années du troisième siècle de l'ère chrétienne et les treize premières du quatrième, déroule les crimes des empereurs devant les yeux du lecteur, avant de le faire assister au châtiment des crimes, de sorte que lorsque le châtiment arrive, lorsque ces persécuteurs de l'Eglise, ces bourreaux des chrétiens, tout-puissants pendant quelques années, finissent d'une manière misérable, plusieurs en portant sur eux leurs mains sanglantes, on éprouve quelque chose du sentiment qu'exprimait Claudien en chantant la mort du Rufin :

Abstulit hunc tandem Rufini pœna tumultum !

C'est ainsi que l'indigne Maximien se pend et finit par une mort ignominieuse après avoir été vingt ans le maître du monde ; que l'implacable et sanguinaire Galère, qui a fait périr tant de chrétiens par le fer et le feu, qui en a tant livré aux bêtes, meurt d'un cancer qui lui dévore les entrailles ; que Dioclétien, qui, docile aux conseils de ce monstre, a commencé la grande persécution contre l'Eglise, meurt de désespoir, de honte et de faim ; que Maxime se noie dans le Tibre, et que Maximin, vaincu par Licinius, s'empoisonne et meurt dans des tortures effroyables en épouvantant de ses hurlements ceux qui l'entourent.

Après avoir raconté dans son livre ces mémorables exemples de la justice divine, Lactance termine ainsi : « J'ai cru devoir consigner par écrit le récit de tous ces événements, afin que les historiens ne puissent altérer la vérité en passant sous silence les crimes de tant d'empereurs, et la vengeance que Dieu en a tirée. Que d'actions de grâce ne devons-nous pas lui rendre pour avoir daigné jeter les yeux sur la terre, rassemblé son troupeau ravagé et dispersé par tant de loups ravissants, exterminé les monstres qui avaient désolé si longtemps son bercail ? Où sont maintenant ces surnoms de Joviens et d'Herculéens, autrefois si vénérés des nations, que Dioclès et Maximien s'étaient insolemment arrogés, et qui passèrent ensuite à leurs successeurs ? Le Seigneur les a fait disparaître de dessus la terre. Célébrons donc avec joie le triomphe de Jésus-Christ ; nuit et jour adressons-lui nos prières et nos louanges, afin qu'il affermisse pour toujours la paix qu'il nous a donnée après une guerre de dix ans ! »

N'est-ce pas le même sentiment, le même accent, la même idée que vous trouviez, il y a peu de jours, dans une bouche éloquente, quand elle s'écriait sous les voûtes de Saint-Roch, où une foule immense était accourue pour entendre cette parole épiscopale encore tout émue de ses luttes devant le Prétoire : « Après le vendredi saint, toujours la Pâque; après le sombre *Miserere*, le glorieux *Alleluia* : voilà l'histoire de l'Eglise, toujours combattue, toujours persécutée, et en définitive toujours victorieuse. » ALFRED NETTEMENT.

Ajoutons, afin de faire mieux apprécier le mérite de cette nouvelle édition, que le travail réclamé pour la mettre en harmonie avec les événements nouveaux, et pour y ajouter la vie des pieux personnages récemment canonisés ou dont la cause se poursuit, a été traité d'une manière complète. Grâce à des investigations judicieuses et persévérantes, les faits ayant rapport aux monastères, aux monuments religieux, aux reliques des saints, auxquels la révolution a occasionné de si déplorables perturbations, ont été rétablis; un plus grand aliment a été donné à l'édification et à la piété dans plusieurs vies importantes, et notamment dans les vies de sainte Cécile, de saint François d'Assise, de sainte Elisabeth de Hongrie, de saint Stanislas Kostka, de sainte Catherine de Sienne, de saint François Régis. Les éditions les plus récentes des ouvrages des Pères, des Docteurs de l'Eglise et des écrivains ecclésiastiques de tous les siècles y ont été mentionnées; un théologien exercé, s'appuyant sur les autorités les plus respectables, a retouché le Traité des fêtes mobiles.

En ce qui concerne les vies nouvelles, on y trouvera les **BIENHEUREUX** et **VÉNÉRABLES** MARIANE DE JÉSUS de Parédès, ANDRÉ Bobola, Paul de la Croix, JEAN-BAPTISTE de Rossi, BENOÎT JOSEPH Labre, JEAN Sarcander, CÉSAR de Bus, JEAN Leonardi, BERNARDIN Réalini, URSULE Benincasa, JEAN Berchmans, ROBERT Bellarmin, LOUIS du Pont, CHARLES Caraffe, Agnès de Jésus, Madeleine de Saint-Joseph, JEANNE de Lestonac VEUVE DU MARQUIS DE MONT-FERRAND, Alain de Solminihac, MARGUERITE-MARIE Alacoque, Marie-Clotilde DE FRANCE, FRANÇOIS-XAVIER Bianchi, VINCENT Strambi, VINCENT Romano, FRANÇOIS de Ghisone, ANTOINE Zaccaria, Géronimo, Bonaventure DE BARCELONE, FRANÇOIS Camacho, LOUIS Grignon de Montfort, JEAN-BAPTISTE de la Salle, Margil DE JÉSUS, FRANÇOIS Fasani, GÉRARD Majella, ANGÈLE Astorch, THÉRÈSE-MARGUERITE Redi, MARIEN Arciero, NICOLAS Molinari, JOSEPH Pignatelli, LÉOPOLD de Gaiche, GASPARD del Bufalo, MARIE-AIMÉE Rivier, les Confesseurs de la foi DE LA CHINE, DE LA COCHINCHINE ET DU TONG-KING, BÉNIGNE de Coni, PHILIPPE de Velletri, FRANÇOIS de Saint-Antoine, SOEUR Thérèse de Jésus, IGNACE de Sainte-Agathe, IGNACE Capizzy, CLAIRE Cherzy, FRÈRE ANDRÉ de Burgio, LOUIS de la Nuza, SOEUR Marie des Anges, SOEUR Marie-Joseph de Sainte-Agnès, ANTOINE Lucci, VINCENT Morelli.

Cette nouvelle édition d'un livre si utile aux fidèles a été recommandée par Monseigneur l'Archevêque de Cambrai *en ces termes adressés à l'éditeur :*

Je vous félicite de l'heureuse pensée que vous avez eue de donner une édition des VIES DES SAINTS de Butler et de Godescard, avec des additions et des notes qui complètent cet excellent ouvrage, et qui doivent en rendre la lecture encore plus instructive et plus édifiante. . .

Le pieux et savant concours que vous prêtent M l'abbé Tresvaux, M. l'abbé Herbet et M. le docteur Le Glay, ne peut manquer d'assurer à cette importante publication la confiance et l'intérêt du clergé et des fidèles, † R.-F. ARCHEVÊQUE DE CAMBRAI.

Volumes in-18 chez le même éditeur

Héléna, ou la Jeune Conseillère.
Henri Vanderhove.
Héroïne de la charité, ou Vie de Jeanne Biscot. fig.
Histoire de Godefroi de Bouillon, par H. Prévault. fig.
Histoire de Jean Fisher.
Histoire de Joseph. fig.
Histoire de Marie-Clotilde de France, reine de Sardaigne. fig.
Histoire de sainte Élisabeth, reine de Hongrie. fig.
Histoire de saint Louis, roi de France. fig.
Histoire du cardinal de Bérulle. fig.
Histoire du pontificat et de la captivité de Pie VI.
Histoire du pontificat et de la captivité de Pie VII.
Histoires et Paraboles.
Homme (l') en présence des œuvres de la création.
Homme (l') propose, et Dieu dispose.
Honnête (l') Marchand, ou la Bonne Foi dans le commerce.
Honneur (l') d'un père.
Honorine.
Hortense de Lussan.
Imitation de saint Augustin, par l'auteur du *Voyage à Hippone*. fig.
Imitation de saint Joseph. fig.
Inconnu (l'), ou l'Expiation. fig.
Ingratitude et Reconnaissance.
Isidore, ou le Fervent Laboureur.
Isabelle de Nesle; épisode tiré de l'histoire du 15.e siècle.
Isaïa; par l'auteur de *Lorenzo*.
Isla, ou l'Enfant gâté. fig.
Ivain, ou le Fils du lépreux. fig.
Jeanne d'Arc. fig.
Jeanne, ou la Jeune Mère. fig.
Jérusalem; tableau de l'histoire de cette ville célèbre fig.
Jeunes (les) Héros chrétiens.
Joies (les) de la famille.
Justine, ou l'Influence de la vertu, par A. D. fig.
Jadis et Aujourd'hui, ou les Deux Méthodes. fig.
Jean Sobieski, roi de Pologne.
Jenny. fig.
Jenne (la) Mélanie. fig.
Jour (le) des morts, par A. R*** fig.
Julie, ou le Bon Exemple. fig.
Julien Durand; nouvelle imitée de l'anglais. fig.
Legs (le) d'une mère.
Lettres villageoises.
Lectures instructives et intéressantes, recueillies de divers auteurs.
Loi (de la) du travail, par le cardinal Giraud.
Louise, ou la Bonne Femme de chambre.
Louise, ou le Doigt de Dieu. fig.
Lucien de Belleroche.
Marguerite, ou le Dévouement d'une mère. par A. D. fig.

— Lille Typ. L. Lefort 1859 —

www.ingramcontent.com/pod-product-compliance
Ingram Content Group UK Ltd.
Pitfield, Milton Keynes, MK11 3LW, UK
UKHW022109190726
13855UKWH00002B/736